JN033477

彼岸花が咲く島

李琴峰

文藝春秋

彼岸花が咲く島

東集落の学校
東集落
北月港
北月浜
東崎
御嶽（史纂神社）
御嶽（彼岸御嶽）

西集落
西の断層
グソー港
御嶽（天后宮）
西崎
南集落

装画　辻恵
装幀　大久保明子
初出　「文學界」二〇二一年三月号

砂浜に倒れている少女は、炙（あぶ）られているようでもあり、炎の触手に囲われ大事に守られているようでもあった。

少女は真っ白なワンピースを身に纏い、長い黒髪が砂浜で扇状に広がっている。ワンピースも髪もずぶ濡れで黄色い砂がべったりと吸いつき、眩しい陽射しを照り返して輝き、ところどころ青緑の海藻が絡みついている。ワンピース以外に衣類はなく、持ち物も特にないようである。少女の白い裸足に、ワンピースの裾がめくれて露わになっている太腿に、折れそうなほど細い首筋に、どこか寂しげな色を浮かべる顔に、あちこち傷跡がついている。鋭いもので切られたような傷口もあれば、鈍器で殴られたような暗い紫色の痣（あざ）もある。

少女を包み込んでいるのは赤一面に咲き乱れる彼岸花である。砂浜を埋め尽くすほど花盛りの彼岸花は、蜘蛛の足のような毒々しく長い蕊（しべ）を伸ばし、北向きの強い潮風に吹かれながら揺れている。薄藍の空には雲がほとんどなく、太陽はちょうど中天に差し掛かる頃で、その下に際限なく広がる海水は浜辺から翡翠色、群青色、濃紺へとグラデーションしていく。白い波は彼岸花の群れに押し寄せては、岸を打つと音を立てて砕ける。この光景を見ると、少女は波で海岸に打ち上げられたのだということを誰も疑問に思わないはずである。

最初に少女の姿を目にしたのは、彼岸花を採りに砂浜にやってきた游娜(ヨナ)だった。少女と同じくらいの年齢に見える游娜は笠を被り、ギンガムチェックの着物を着ていて、日に焼けた小麦色の細い手足が筒状の袖から伸びている。脹脛(ふくらはぎ)に届くくらいの長い黒髪は一つに結い、歩くと軽やかに躍動する。游娜は慣れた手つきで、満開を少し過ぎたくらいの彼岸花を丁寧に選別しては、はさみで緑の花茎から切り取ると、左肩に背負っている麻袋に放り込んでいく。


　鮮やかな彼岸花の群れに倒れている少女に気付いた瞬間、游娜は驚きのあまり麻袋を落とし、反射的にはさみを持ち直して身構えた。この砂浜には自分以外に誰もいないはずだ。しかし少女に目を凝らすと游娜はまた動揺し、ゆっくりとはさみを下ろした。少女の可憐な見た目に息が詰まりそうになったというのもあるが、彼女の身に纏っている白装束に気を取られたからでもある。

　恐る恐る近づき、游娜は少女の傍でしゃがみ、彼女を一頻(ひとしき)り観察した。あまり陽射しを知らないような青白い肌はとてもきめ細かく柔らかそうで、顔についている波の雫は涙のように見えた。顔には幾筋かの切り傷がついていて痛々しい赤を呈しており、恐らく波に打ち上げられた時に鋭い石で切れたものと思われるが、それらの傷は少女の美しさを損ねるどころか、逆にいじらしさを際立たせている。少女に見惚れた游娜は何かを考える前にほぼ衝動的に自分の顔を近付け、少女と唇を重ねた。目を閉じると世界の全てが遠退き、波の音だけが遠くで木霊（こだま）する。冷たく柔らかい唇からは、海水の塩っぽい味がした。

唇を離すと、少女は悪夢にうなされるように瞼をきつく閉じ、両手で拳を握りながら、意味を成さない低い唸り声を発した。ややあって、ゆっくり瞼を開けると眩しそうに右手を目の前に翳（かざ）し、影を作った。游娜の存在に気付いたのはそれからだった。

「ノロ？」と游娜は訊いた。

もがきながら少女は身体を起こして游娜を見つめ、何度か瞬きをした。そして、

「ノロ？」と訊き返した。

「ノロの服着てるアー！」游娜はやや興奮気味に言った。「リー、ニライカナイより来（ライ）したに非（あら）ずマー？」

「ここ、どこ？」昏睡していたとき顔に表れていた寂しげな表情が色褪せ、代わりに少女の顔に浮かんだのは純然たる恐怖だった。「なんでわたしはここにいるの？」

「ここは〈島〉ヤー！」と游娜は答えた。

「シマ？」少女は怯える目で游娜を見た。「なんのシマ？」

「〈島〉は〈島〉ベー」

「わたし、なんでここにいるの？　……わたしはだれ？」

「リー、海の向こうより来したダー！」

少し会話すると、二人が使っている言葉は似てはいるが微妙に異なっているということに、游娜も少女も気付いた。

「なにいってるかわからないよ」少女は混乱しているようで、両手で頭を抱えた。

「見ろ！」游娜は右手を上げ、眼前に広がる果てしない海を指差した。「ニライカナイ・ア！」

「やめて！　わからない」少女はますます混乱したようで、激しく頭を振り始めた。「いたい！　いたいよ！」

「痛い？」游娜が訊いた。「どこ痛い？」

「からだのすべてがいたい」少女は頭を振るのをやめたかと思うと、急に自分の両腕を抱え込む体勢になり、背中が小さく丸まった。「さむいよ！」

少しでも暖めてあげようと思い、游娜はしゃがんだまま少女の上半身を抱き締めようとした。が、少女はすぐさま游娜を振り払い、游娜は尻餅をついた。待ってて、すぐ人を呼んでくるから、と游娜が言おうとした矢先に、少女はぶるりと一震えすると忽ち動きを止め、またもや気絶して彼岸花の群れに倒れ込んだ。

1

　鳥の視点を持っているならば、大海原にぽつんと浮かぶ〈島〉は東西に長く、南北に狭く、ガジュマルの葉のような形をしていることが分かる。偶然にも〈島〉は気候が高温多湿で樹木の生育に適しており、全体的にガジュマルや蒲葵(ビロウ)に覆われて鬱蒼としている。〈島〉の海岸はほとんどが岩壁で、特に最東端の東崎(あがりざき)と最西端の西崎(いりざき)ともなると百メートル強の断崖絶壁になる。これらの岩石海岸も植生に覆われており牧場としては最適で、牛や豚、山羊、馬などが飼育されている。砂浜海岸は何か所かしかないが、少女が倒れていた北方の、三日月状の〈北月浜(ベユエはま)〉がそのうちの一つである。〈島〉の周囲は風が強く、特に秋から冬にかけては北向きの卓越風で北方の海が大荒れするので、〈島〉への出入りは主に南西にある〈グソー港〉を使う。空港はもちろんない。嘗て空港だったと思われる跡地は、今や赤一面の彼岸花の絨毯に覆われている。

　海岸以外にも、〈島〉は丘陵や山岳が多い。人々は普段山岳地帯には立ち入らないが、山間（やまあい）の平地へ流れる川は灌漑用水として使われ、米、芋、砂糖黍（さとうきび）などが植えられる。平地にある田んぼと畑の周りに人々が集まって、三つの集落ができた。一番規模が大きい〈東（ひがし）集落〉、二番目に大きい〈西（シ）集落〉と最も小さい〈南（ナン）集落〉である。千数百人の島民はこの三つの集落に分散し居住している。

　游娜が住んでいるのは〈東集落〉である。〈東集落〉は島の北東部に位置し、彼岸花を採りに〈北月浜（ベユエはま）〉へ出向くのに便利である。少女を発見すると游娜は急いで集落に戻ってオヤを呼び、オヤは車を出して少女を家に運び込んだ。

　布団の中で寝込んだ少女は相変わらず顔色が悪く、弱々しく見えた。オヤは游娜が採ってきた彼岸花の花弁を磨り潰し、水を加えて掻き混ぜてから少女の傷口に塗布した。游娜のオヤは旗魚（かじき）捕りを生業としている女性であり、游娜と一緒に生活している。

　夜中になると少女は大汗を掻きながら、苦しそうに目を覚ました。まだ身体が重く、頭の内側で啄木鳥（きつつき）が頭蓋を突いているような鋭い痛みが走っているが、傷の痛みはだいぶ治まった。次に襲ってくるのは圧倒的な飢えと渇きだった。渇きのせいで少女は声を発することも叶わないまま、もがきながら上体を起こした。暗闇に目が慣れると、隣の布団で寝ている游娜とオヤの姿に気付いた。

　少女は彼女たちを起こさないように気をつけながら、ゆっくり立ち上がろうとした。が、足が思うように動かなくて思わず蹌踉めいてしまい、床に尻餅をついた。

少女が立てた音で游娜も目が覚めた。少女の姿を認めると慌ててオヤを起こし、少女を再び布団の中に寝かせた。

「動くは駄目ラ！　ビアンバナー、薬効発揮したロー」と游娜が言った。

オヤが電気をつけると、少女は眩しそうに目を細めた。ビアンバナーとは何なのかということも気になるが、それより大事なことがあった。

「みず」

と少女は言おうとしたが、喉が嗄れていて声にならなかった。

「ハ？」と游娜は訊いた。「声を大きいに！」

少女は口の中で唾液が溜まるのを待ってから、それらの唾液を飲み込んで僅かに喉を潤した。そしてもう一度力を振り絞って言った。「み、ず」

「水！」游娜は聞き取ると、オヤに向かって叫んだ。「晴嵐、水ラ！　早く！」

晴嵐と呼ばれた女性、つまりオヤが持ってきた飲み水を游娜が飲ませると、少女はやっと声を取り戻した。少女は周りを見回した。三人が布団を敷いて寝ても余裕のある広さの居間だが、見た感じではかなり古く、壁はところどころ黒ずんだりコンクリートが剝がれたりしている。窓枠は木でできており、窓は開け放たれていて涼しい秋の夜風が室内に吹き込んでいる。窓の外は三日月が懸かっているが、それ以外にほとんど明かりがなく、濃密な闇だけが充満している。丁寧に編み込んだ淡黄の畳からは微かな香りが立ち昇り、それを嗅いでいるとどことなく落ち着いてきた。少女はもう一度足を動かそうとしてみたが、相変わらず思うように動かない。よく見ると、身体中の傷口に赤い粉末のようなものが付着している。床に置いてあるすり鉢と彼岸花を見ると、その粉末が何なのか少女にも分かった。

「これはなに？」少女は花を指差して訊いてみた。

「こ？　彼岸花（ビアンバナー）ヤー」と游娜が答えた。

どうやらここの言葉では、彼岸花は「ビアンバナー」と言うらしい。しかし少女が知りたいのはそういうことではない。「なんでわたしのからだに？」

「痛苦消すためヤ！」游娜が言った。「彼岸花は麻酔効果あり。常に使用ヨー」

「つらく」「ますいこうか」「しよう」といった言葉が分からず、少女は困惑した表情を浮かべた。

言葉が通じていないことを悟り、游娜は言い換えた。「痛い、無（む）になるラ！」

少女はやっと理解したので、確認するように訊き返した。「アネスシジャ？」

ところが今度は游娜が首を傾げたので、少女は諦めることにした。手を動かしてみると動きはするが、やや痺れているようである。そのとき晴嵐が厨房から食べ物を運んできてくれた。サツマイモが入っているお粥だった。

「早く食べろ」

と游娜が言うので少女はギクッとしたが、游娜が匙でお粥を取って、息を吹きかけて丁寧に冷ましてから自分に食べさせようとしてくれているのを見ると、彼女が言う「食べろ」は自分が感じているほどのきついニュアンスはないのかもしれない、と少女は推測した。

「現在はマチリ期間(チジェン)、肉は食べるは駄目ゆえ、こだけあるナー」

晴嵐が徐(おもむろ)にそう言うので、游娜は軽く首を振った。

「こで剛好(ガンハウ)ラー。身体弱いゆえ」

「何故(なにゆえ)そこで倒れしたナー?」

「ニライカナイより来(ライ)したに非ずマー?」と游娜が言った。「ノロに似てる服、着てる」

晴嵐は軽く溜息を吐き、ゆっくり首を振った。「さに非ずバー」そして立ち上がりながら言った。「マチリ期間(チジェン)はノロは村に在(ザイ)せずゆえ、暫くここにいさせるだけロー」

二人の会話を少女はあまり理解できていないが、サツマイモのお粥があまりにも美味しく、頭痛を忘れさせるほどだった。暫くの間、少女は游娜の差し出すお粥を無心に食べ続けた。窓の外で、「ギューイ、ギューイ」の音に続き、秋の虫が「ギュルルルルー」と盛大に鳴き始めた。

＊

うつくしい ひのもとことばを とりもどすための おきて

（ねらい）

ひとつ　このおきては、さきだって おこなわれた「うつくしい ひのもとぐにを とりもどすための ポジティブ・アクション」につづき、わがくにの ふるきよき ありかたを とりもどすための ストラテジーの ひとつとして おこなうものとする。わがくには、ふるくから たみのいとなみに ねざしている うつくしく、ことだまの さきわう やまとことばが あるが、ことなるたみである シナ（＊）の ことばが つたわってきた ことによって おおいに みだれた。このような ヒストリカル・トゥルースに かんがみ、わがくには ふるきよき やまとことばを いしずえとした うつくしい ことばを とりもどす ネセシティが あると みとめられる。したがって このおきてを さだめることにより わがくにの ことばづかいを よりきよく よりうつくしい ものに もどすことを ねらいとする。

（ディフィニション）

ふたつ　このおきてにおいて「ひのもとことば」とは、わがくにの ふるくから たみのいとなみに ねざしている うつくしく、ことだまの さきわう やまとことばを いしずえとした あたらしい ことばを いう。

（たみの つとめ）

みっつ　ひのもとぐにの たみは ひびの くらしと いとなみにおいて、おおやけと わたくしに かかわらず ひのもとことばを つかわなければならない。ローカル・ガバメントは このおきてに したがい ところの なまえを あらため、おおやけに つげなければならない。

（ペナルティ）

よっつ　ひのもとぐにの たみでありながら ひのもとことばを つかわない ものは ペナルティを うけなければならない。ペナルティの くわしい なかみは ほかの おきてにおいて さだめるものとする。

……

（しかた）

ななつ　ひのもとことばを つかうに あたって、したに しめす しかたに したがうものとする。

1　シナから つたわってきた キャラクター、ならびに これらの キャラクターに ならって つくられた キャラクター（いわゆる「漢字」）は、これを つかわない。

2　シナから つたわってきた ことば、ならびに これらの ことばの つくりかたに ならって つくられた ことば（いわゆる「漢語」）は、これを つかわない。

3　うえの 2のような ことばは ミーニングが にている やまとことばに いいかえるものとする。ふさわしい やまとことばが ないとき、さまざまな くにで コモン・ランゲージである イングリッシュの ことばに いいかえるものとする。

4　かきことばにおいては、ただしく よみとけるように スペースをあけて わかちがきを おこなうものとする。

5　ところの なまえについては、うえの 1から3までの しかたに したがい、ローカル・ガバメントが あらため、おおやけに つげるものとする。

6　ひとの なまえについては、うえの 1にのみ したがい、2と3にしたがわなくても いいものとする。

（いにしえの かきもの）

やっつ　いわゆる「漢字」と「漢語」を つかって あらわされた わがくにの いにしえ

の かきものは、すみやかに ひのもとことばに トランスレートするものとする。トランスレートが できないものは、これを やきすて、のちのよに つたえないものとする。

……

（アノテーション）

とおあまりここのつ 「シナ」という ことばについては いわゆる「漢語」に あたらない という キャビネット・ディシジョンが おこなわれた。

＊

〈島〉の人々は「四布織（シブジ）」という着物を日常的に着ている。「四布織」は〈島〉の古くからの伝統衣装らしく、主な生地は苧麻（ちょま）や木綿で、白、黒、青のギンガムチェックの柄が特徴である。襟は黒無地で、筒状の袖は肘までと短く、丈は膝下くらいで、とても涼しく動きやすい。暑い夏はこれを着て過ごすことが多く、冬でも厚手の上着を一枚羽織れば事足りる。Tシャツやジーパンなどの洋服を着る人も散見されるが、真っ白な服を着る人は一人も見当たらない。

少女も游娜の持っている「四布織」を借りて着ている。少女は記憶を失っているようで、自分が誰で、どこから何故〈島〉に漂着したのか依然として思い出せないが、游娜の家で数日お世話になっているうちに、次第に体調が回復してお粥以外のものも食べられるようになり、〈島〉のことも少し分かるようになってきた。

「あなたたちが　はなしているのは、なにことば?」と少女が訊いた。

「ナニコトバ?」游娜は少し考えてから、やっと少女の質問の意味が分かったようで、こう答えた。「〈ニホン語〉ヤー!」

それは少女が聞いたことのない言語名である。それでも一緒に生活して毎日会話すると、少女も次第に簡単な〈ニホン語〉が理解できるようになってきた。語彙面も文法面も大きく違っているらしいが、やはり自分が話している〈ひのもとことば〉と共通する部分があるようだ。〈ニホン語〉では、人称代名詞の一、二、三人称は「ワー」「リー」「ター」で、「メン」をつけると複数形になる。会話の最後についている「ラー」「ヤー」「アー」というのはある種の感情またはニュアンスの表出で、それも短い時は感情が激しく、長い時は感情が穏やかなようである。また、「飲め」「食べろ」といった形は強い命令だけではなく、指示や依頼の時にも使われるようだ。游娜の方も、少女が話している〈ひのもとことば〉は自分が習っている〈女語(じょご)〉にかなり似ていることに気付いたので、〈ニホン語〉が通じない時は〈女語〉に言い換えるようにしている。

「リー、名字(ミンズ)はなにヤー?」と游娜は少女に訊いた。

「ミンズ?」

「ミンズ」游娜は繰り返してから、〈女語〉に言い換えた。「名前ヤー」

「なまえ……」少女は考えてみたが、やはり何も思い出せない。「わからない」

「名字無(ミンズむ)は困るネー」游娜は少し考える素振りを見せてから、お茶目に笑った。「リーのために取るバー」

「……トル？」

「海の向こうより来(ライ)した故、霧実(ウミ)にしろラー」言いながら、游娜は紙に「霧実」という字を書いた。それは少女には読めない文字だった。どうやら「取る」というのは「名前をつける」という意味らしい。

「むずかしくて　かけないよ」と少女が言った。

「難しいアー？」游娜は残念そうに言った。「霧の字(ズ)、好きだけど……こナー？」游娜は「霧」の字に取り消し線を引き、その隣に「宇」という字を書いた。

「霧」にせよ「宇」にせよ、それは少女に書けない文字であることに変わりはないが、確かに「霧」という黒々とした字より、「宇」の方が覚えやすそうなので、少女は頷くことにした。それから少女は「宇実(ウミ)」と呼ばれるようになった。

　游娜は毎日宇実のために彼岸花の花弁を磨り潰し、痛み止めの効能のある塗り薬を作った。それ以外にも、熱が出た時や頭が痛い時には西蓬(にしよもぎ)を磨り潰して汁を飲ませ、体内にある寄生虫が不調の原因だと判明した時には海人草(かいにんそう)を煎じて飲ませた。〈島〉の人々は日常的に様々な植物を使って病気を治しているようである。

「にがっ！」西蓬の汁を一口飲むと宇実は思わず眉を顰(ひそ)め、顔を歪ませて吐き出した。記憶を失っていても、これほど苦いものはいまだ曾て飲んだことがないということくらい宇実にもよく分かっている。

「吐くは駄目！」游娜は大きな声で厳しく叱った。「病気治りしないラ！　飲め！　早く！」

これはどれくらい強いニュアンスなのかは不明だが、游娜の鬼気迫った表情を見ると依頼ではなく少なくとも指示であることは明白で、宇実は慌ててお椀を唇に近づけ、鼻を摘まみながら薬を一気に飲み下した。

游娜が厳しくも甲斐甲斐しく看病した結果、宇実は日に日に体調が好転し、数日後には外に出歩けるようになった。ある日、晴嵐は未明から旗魚捕りに出かけた。朝食を食べた後、空がよく晴れているので、游娜は宇実を連れて集落を見て回った。

游娜の家には何日間も世話になっているが、その外観を宇実はその日初めて見た。赤瓦葺きの屋根は急勾配(きゅうこうばい)になっていて、古びているせいかところどころ黒ずんでおり、木造の柱や壁板も表面の白い塗装が剝がれ落ちてあちこち材木の色が露わになっている。ドアや窓は木枠にガラス張りで、日よけとして木の枝で編まれた簾(すだれ)がガラスの外に垂らされている。広い庭があり、ガジュマル、蓬(よもぎ)、牡丹防風(ぼたんぼうふう)など数種類の植物が栽培されている。地面には灰色の砂利が敷き詰められているが、よく見ると全て珊瑚石だった。家の敷地は石塀で囲われていて、石塀は雨で濡れては乾くを繰り返したせいで、表面に水墨画のような黒ずんだ模様が浮かび上がっている。

それは宇実が見たことのない建築様式だが、〈島〉ではごく一般的なようである。集落に点在する他の人家もほとんど石塀に囲われる庭付きの平屋で、主な建材は木かセメント、屋根は瓦葺きが多かった。屋根や石塀の上に獅子の石像が設置されていたり、庭でローゼルが花を咲かせたりする家もある。家々は色や形が統一されておらず、それぞれの個性を放っている。人が住んでいないと思われる家もあり、建物が薄汚く、庭にも雑草がぼうぼうと生い茂っている。集落では高層ビルはおろか、二階建ての建物すらあまり見当たらない。

「あそこ、だれか すんでるの?」道端に建っている、廃屋にしか見えない家を指差しながら、宇実は訊いてみた。

「現在は人無……人が、いない」游娜は首を振った。「成人した以後、自己の家を有していいオー」

「セイジン?」

「せいじん、アー……」游娜は対応する〈女語〉を思い出そうとして暫く考えた。「大人に、なる!」

「おとなになる、そして?」

「大人に、なる、なった、以後……なった、あと! 自分の家を、持ってもいいようになる」

　游娜によれば、〈島〉では十六歳が成人だとされていて、子供が成人すると〈オヤ〉を離れ、自分の家を持つことになっているらしい。誰がどの家に住むかは、本人の希望に基づき、〈ノロ〉と呼ばれる〈島〉の指導者たちが決めるという。今は誰も住んでいない家も、将来誰かが入居することになる。もちろん、除草や清掃などはその時の入居者の仕事になる。

「いえは　おかねが　かからないの？」と宇実が訊いた。

「オカネ？　……銭アー？　いりしないア！　住む家、何故銭いるナー？」

　宇実の質問に対して、游娜は首を傾げた。何を言えばいいか分からず、宇実は黙ることにした。

　游娜は先頭を歩き、あちこち指差しながら宇実に色々説明しているが、游娜の言葉のうち宇実に理解できるのは半分くらいなので、ところどころ聞き流しながら適当に頷くほかなかった。看板が出ている建物もあり、外観から判断すれば何かの店や工場だろうが、看板に書いてあるのは宇実の読めない、あの黒々とした正方形の文字ばかりだった。

　集落の南端に川が流れており、川の両側は水田だった。もうすぐ収穫の季節だろう、稲穂は既に撓わに実り、風に揺れながら太陽を照り返して黄金色に輝いている。数羽の白鷺が群れを成して跳ねたり羽ばたいたりしては、黄色い嘴で田んぼの中を探って捕食していた。畑もあり、サツマイモやタロイモ、砂糖黍が植わっていて、川から少し離れた空き地には、サイザル麻が硬そうな葉を放射状に尖らせる。茶褐色の芒が羽根のような先端を風に靡かせている道端には、ところどころ立泡雪栴檀草が白い小さな花を咲かせている。游娜は道端でしゃがみ、何か手折ったかと思えば素早く立ち上がり、それを宇実めがけて投げかけた。

「ヘイ！」

游娜の突然の動きに宇実はびっくりして一瞬固まった。俯いて見ると、四布織の胸辺りには何か小さな黒い棘の塊がくっついていた。栴檀草の実だった。それは手で払って落とそうとしてもなかなか落ちず、十数本の棘を一本ずつ引き剝がさなければならなかった。顔を上げると、游娜は悪戯っぽい笑みを浮かべながらこちらを見ている。

「もう！」

頰を膨らませながら宇実も道端から栴檀草の実を手に取り、早速游娜の方へ投げ返して反撃した。が、游娜はそれを容易くかわし、同時に再び攻撃を仕掛け、こちらも宇実に命中した。得意げに笑う游娜にむっとして、宇実は一遍に十数個の実を集め、助走をつけてそれをばら撒き、散弾のような攻撃を仕掛けた。そのうち三、四個が命中したので、今度は宇実が笑う番だったが、游娜もまたすかさず反撃した。午前の柔らかい陽射しの中で、二人はそのまま走ったり投げたり避けたりと、攻防戦を繰り広げた。熟し切った実は黒い棘が放射状に広がっていてくっつくと取りにくいので攻撃力は高いが、軽いので遠くまでは飛ばせず命中率も低い。一方で実りかけたくらいの緑の実は黒い棘が生えておらずくっついても簡単に取れるが、比較的遠くまで飛ばせるので命中しやすい。暫くの激戦の後、二人とも着物のあちこちが緑の実や黒い棘塗(まみ)れになった。

「もう、つかれたよ」汗を垂らし、息切れしながら宇実は言った。「まったく、こっちはペーシェントなのよ、ひどくない？　やさしくしてよ」

「ごめんラ！」

体力があるのか走り回った後なのに游娜は息切れ一つせず、日焼けした顔には相変わらずの悪戯っぽい笑みが浮かんでいる。「来(ライ)しろラー、リーのために取る(取ってあげる)」笑みを湛(たた)えたまま、游娜は宇実に手招きしながらそう言った。

二人は木陰のある道端に座り、着物についている棘を取り始めた。背中や髪の毛など自分では取りにくい場所は相手に取ってもらった。宇実は両足を広げて游娜を間に座らせ、彼女の背中にくっついている自分の戦果を一本一本取り除いてあげた。さっきまで分からなかったが、游娜も実は背中に汗を搔いていて、四布織の麻生地が濡れて肌にべたついている。棘を取る時に僅かに触れる指先から、游娜の体温とともに、べたつく汗と柔らかい肌の感触が微かな香りを伴って伝わってきて、宇実は少し鼓動が速まった。游娜の長い髪の毛が邪魔で、それらをまとめて左の肩越しに身体の前の方へ持っていくと小麦色の細い項が露わになった。項に生えている短く柔らかい産毛に混ざって、やはり黒い棘が何本かくっついていて、よく見なければ産毛と見分けがつかなかった。それらの棘を取ろうと宇実は手を伸ばしたが、游娜の項に触れる寸前で、何故か指先が震え出して動かなくなった。小刻みに震えている指先と、游娜の項にくっついている棘を交互に見つめながら、宇実は愕然として暫くぼうっとした。

「……宇実?」

異様な気配を察知してか、游娜は宇実の名前を呼んでみた。それで宇実は我に返った。

「ここにも くっついているから、セルフで とって」宇実が言った。

「えー」游娜は抗議の声を上げた。「ワーのために取れラー」

「ダメ」

「取れラー」

「ダメったらダメ」

言い争っている間、ふと游娜の頭上で何かが蠢いていることに気付いた。よく見るとそれは掌ほど大きい蜘蛛で、黄色と黒の縞模様の長い足を動かしながら游娜の髪をもぞもぞと進もうとしていた。

「きゃ」

間の抜けた声を出し、宇実は反射的に游娜から離れようとしたが、咄嗟に立ち上がることすら忘れて地べたに座ったままお尻を動かして後ずさった。見上げると、二人の隣に生えている赤木の枝には大きな蜘蛛の巣が張り巡らされているので、その蜘蛛は風に吹かれて落ちてきたのだろう。

「宇実？」游娜が振り返りながら首を傾げた。

「あたまのうえに、くもがいる、かなり、おおきい」宇実は自分の頭のてっぺんを指差しながら、震える声で言った。

「こは絡新婦（らくしんぷ）、毒無（む）ラー、怖い無べー」

ふと男の子の声がした。目を凝らすと、同い年くらいに見える少年がいつの間にか游娜の隣に立っていて、手を伸ばすと素早く游娜の頭からその毒々しい絡新婦（ジョロウグモ）を引き剝がし、掌に乗せた。少年も游娜みたいな健康的な肌色をしていて、長い髪は簪（かんざし）で後頭部にまとめている。〈島〉では性別に関係なく、長髪の人も短髪の人もいるらしい。少年の両手の甲には何か染みのような、薄汚い斑点がついていた。

「拓慈（タツ）！」游娜は少年の名前を呼んだ。少年の掌に乗っている絡新婦の足の縞模様を一頻り観察しては「綺麗オー！」と溜息を漏らし、そしてまた思い出したように少年に訊いた。

「リー、何故(なにゆえ)ここに在(ザイ)するアー?」

「東集落に用事有(ゆう)したアー。ノロたち馬上回来(もうすぐ帰ってくる)するゆえ、刀磨くために去(チュ)した」

蜘蛛を道端の草むらへ放り出し、拓慈と呼ばれる少年は答えた。彼の声は少しかすれていて、声変わり中のようだった。拓慈はそれから地べたに座ったままの宇実に視線を向けた。「ター、誰(スイ)ア? 見た顔に非ず」

「ター……説明するば長い」

「長いでも没関係(メガンシ)ラ!」

　游娜は立ち上がり、北月浜で宇実を発見した経緯を拓慈に説明し始めたが、相変わらず彼らの言葉は宇実には断片しか聞き取れなかった。自分を指差しながら身振り手振りを交えて会話する二人を眺めながら、宇実の中で次第に不安が広がっていった。しかし会話に参加できない宇実は、二人の話が終わるのを待つしかなかった。太陽が頭上に昇るにつれて周りもだんだん暑くなり、万物の影も見る見るうちに縮んでいく。陽射しを反射して川面の細波(さざなみ)が先刻より一層きらきら光り出し、田んぼの中で跳ねている白鷺の真っ白な羽も眩(まばゆ)く見えた。

「ニライカナイより来(ライ)したダー?」急に拓慈は宇実を指差しながら、激昂したように語調を強めた。「そんな可能、どこに有するラ!」

「晴嵐もそう言いした」游娜は不服そうに言い返した。「でも真に海の向こうより来したマ！　嘘に非ず！」

「あのう」

宇実は立ち上がり、恐る恐る口を挟んだ。「ニライカナイってなんなのか、おしえてもらえるかな？」

宇実の質問に拓慈は答える代わりに、ただびっくりしたように目を瞠って宇実を一頻り凝視した。拓慈がとても大きく円らな瞳の持ち主であることに、宇実はその時気付いた。

ややあって、拓慈は口を開いた。

「〈島〉の外から来たのに、なぜ女語が話せる？」

宇実がその質問の意味を理解する前に、游娜が先に答えた。

「女語に非ず、ひのもとことばラー！」

「ひのもとことば？　そは何？　聞きしたこと無」と拓慈が言った。

「はっきり　おぼえているわけではないけど、わたしが　すんでいたところでは、たぶん　このことばが　はなされていたとおもう」と宇実が説明した。

「やっぱり女語じゃん！　しかも游娜よりずっと上手！」

と拓慈が言ったが、宇実は首を傾げた。

「ジョウズ？」

「上手って言葉も分からないのか？」拓慈は少し呆れたように言った。「こんな言葉、游娜でも分かるよ」

宇実が游娜に視線を向けると、游娜は照れるように少し視線を逸らして説明した。「上手、は、うまい、すごい、の意味」

「だ・か・ら、わたしが はなしているのは 女語じゃないの」意味を理解した宇実も半分呆れながら、今度は拓慈に訊いた。「あなただって、女語って おんなのことばでしょ？ なんで あなたが はなせるのよ？」

游娜から聞いた話では、〈島〉では十歳以上の女の子が月に一回、満月の夜に集められて〈女語〉の講習を受けることになっている。

意外なことに、宇実の指摘に拓慈は思い切り顔を赤らめ、黙ったまま目を逸らした。その横顔は、どこか拗ねているようにも見える。

「拓慈も、ノロ、なりしたいラ」代わりに游娜が答えたが、游娜の言葉を宇実は理解できなかった。

「ノロに、なりたい」拓慈は不貞腐れ(ふてくされ)た口調で訂正した。「リーは真に女語、爛ネ(あなたは本当に女語が下手だな)。ノロなるなら更に努力(ヌリ)しろラ」

そう言われて、游娜は頬を膨らませた。

「努力（ヌリ）してるラ！　真に困難ゆえマ！」

「で、なんで あなたは 女語が はなせるの？」二人の会話の流れを切り、宇実はもう一度訊いた。それに対し、游娜は何やら答えたいようだったが、やはり女語がうまく話せないみたいで、ただ意味を成さない音を虚しく発していただけだった。それを見かねてか、拓慈は一度長い溜息を吐き、地面に体育座りしてから、「要は」と説明し始めた。游娜と宇実も再び地べたに腰を下ろして、三人で一つの輪になった。

拓慈はとても流暢な女語で、宇実の疑問に答えた。時々宇実に理解できない言葉も混ざったが、その都度意味を確認した。

拓慈の話によれば、彼は游娜と同い年で、同じ学校に通う同級生である。〈島〉の学校は二歳までの乳児部と、三歳から九歳までの初等部、そして十歳から成人するまでの高等部に分かれている。初等部は各集落に設置されているが、乳児部と高等部は東集落にしかないため、西（シ）集落に住んでいる拓慈も東集落の学校に通っている。ただ、今はマチリ期間中なので学校も休みなのだという。

「その『マチリ』ってのはなんなの？」と宇実が訊くと、

「これから説明するから黙って聞いてくれ」と拓慈はぶっきら棒に言った。

高等部では生徒の志望職業に合わせた職業訓練が行われている。例えば拓慈は屠戸（屠畜者）になるための訓練を受けている。高等部の女子だけが月に一回、満月の夜に各集落の〈御嶽〉（聖地）に集まり、ノロから直に女語の講習を受けることになっている。女語は女性のみが習得を許される言語であり、歴史の伝承を受け継ぐための言葉である。女子が成人すると歴史の伝承を受け継ぐ機会を得ることができ、大ノロから認められ、歴史を習得した人は〈歴史の担い手〉、つまり〈ノロ〉になることができる。

「ちなみに、こいつはノロ志望だぜ」と拓慈は游娜を指差しながら言った。「女語が下手なくせに」

　游娜は頬を膨らませながら意味を成さない音を発して抗議した。游娜の女語は話すには難ありだが、聞き取りは特段問題がないようだ。そんな游娜を無視し、拓慈は説明し続けた。

　ノロは全員女性で、〈島〉の指導者であり、歴史の担い手であり、また各種祭礼の祭司でもある。ノロの中でも最も女語が上手く、知識と経験が豊富な女性は大ノロとして尊敬されている。今はちょうど〈マチリ〉と呼ばれる年一回の祭典期間に当たるため、ノロたちは集落を離れ、〈島〉の各地に点在する御嶽を回って一か月がかりの祭祀を行っている。〈マチリ〉期間中は殺生と肉食が禁じられているが、あと数日でマチリは終わり、ノロたちが集落に戻ってくる。そのとき肉食も解禁されるので、拓慈は牛や豚を解体する時に使う包丁を研ぐために東集落に来ているのである。拓慈も歴史の担い手に憧れるが、女語の講習会には参加できないので、あちこち仲の良い女友達から教材やメモを借りて、大人に隠れて独学している。それだけで游娜より遥かに上手になったという。

「まあ、いくら女語が上手でも、〈歴史伝承の儀〉には参加させてもらえないけどな」と拓慈は自嘲気味に言った。

「リー、大ノロに拝託（バイト）してみろマ！　ターは允許（インシュ）するかも知るべからずア」と游娜は〈ニホン語〉で言った。「ワーはリーと一緒に去（チュ）する！」

游娜の申し出に拓慈は何の返事もせず、ただ溜息を吐いてから説明を続けたのだった。

〈マチリ〉以外に、〈島〉には他の祭典もある。例えば年に数回、〈ニライカナイ祭り〉が執り行われる。〈ニライカナイ〉は海の向こうにある伝説の楽園で、〈島〉の信仰では、そこは〈島〉の源で、全ての島民の真の故郷であり、また死後魂が帰着する場所でもある。年に数回、ノロたちはニライカナイへ渡り、そこから豊富な宝物を〈島〉へ持ち帰る。ノロたちが出発する日と帰ってくる日には、それぞれ〈ニライカナイ祭り〉を行うことになっている。前者はノロたちの海上安全を祈願するためであり、後者はニライカナイの恩恵に感謝を捧げる意味合いが強い。

「たからもの？」と宇実が訊いた。「それはどんなもの？」

「生きるために必要な——つまり、なくてはならないものだよ。もうお前と話すコツが掴めてきたぜ」拓慈が答えた。「食べるものとか、家を建てるためのもの、船を作るためのもの、車を走らせるためのものなど、色々さ。ニライカナイのおかげで、私たちは生きていられる」

「わたしが　そのニライカナイから　きているというの?」宇実は游娜に視線を向けて、そう訊いた。「そんなこと、あるわけないじゃない?」

「でも、海の向こうより——海の向こうから、クタ」

「きた」と拓慈が訂正した。

「海の向こうから、来たから、ニライカナイと思った」と游娜が言った。

「まったく　おもいだせないけど、でも、わたしが　すんでいたところは　そんな……ラクエン?　パラダイスとは　おもえないよ」と宇実が言った。

「まあ、そもそも本当に海の向こうから来たのかどうかも怪しいけどね」拓慈は游娜に言った。「気付いた時には砂浜に倒れていたって話だよね?」

游娜は不服そうな表情をしたが、特に反論する術もないようでただ黙り込んだ。

「どっちみち、ノロたちが集落に帰ってきたら大ノロに報告しなきゃいけない。大ノロなら、何か知っているかもしれないし」と拓慈はそう結論づけた。

拓慈の話を聞くと、宇実は期待と不安が綯（な）い交ぜの気持ちになった。二人との会話から、大ノロは見識が豊富で、島民たちから信頼と尊敬が寄せられている人物だと分かる。そんな大ノロなら、自分の過去について何か手掛かりを知っているかもしれない。しかし一方、大ノロはつまり〈島〉の最高指導者なのだ。そんな大ノロがもし外来者である自分を拒絶してしまったら。恐らく自分はもう〈島〉にはいられないのだろう。追い出されるかもしれない。そう思うと宇実は不安で仕方なかった。

入り乱れる感情の流れを堰き止めたのは、思いっきり鳴り出したお腹の音だった。拓慈と游娜が自分のお腹に視線を向けているのを感じ、宇実は一瞬にして顔が火照った。

「ごめん！」

游娜は慌てて謝った。「既に午餐（ウーサン）の時間（シジェン）ロ！　気付かずした！」言いながら手を伸ばしてきて、宇実のお腹に当てようとした。「非常に餓（アー）したマー？」

游娜のあまりにも大袈裟な謝り方が、かえって宇実を気まずくさせた。しかし游娜としてはただ病人である自分の世話をきちんとできていないことに責任を感じているだけだろう。そう考え、宇実は游娜の気持ちを受け止めようとした。拓慈は背負っていた風呂敷から笹の葉で包んだ丸い塊を取り出し、無言で宇実へ差し出した。笹の葉を広げると中はご飯を丸めて作った球状の、恐らくは食料だった。そのものの名前は宇実にも心当たりがあった。

「おにぎり！」と宇実は叫んだ。

「なんだ、知ってるのか。お前が住んでいたところにもあるんだな」拓慈は相変わらずぶっきら棒な口調で言った。「〈島〉の言葉では飯団(ハンタン)って言うんだ、覚えとけ。一つしかないから全部あげるわけにはいかないけど、半分食べていいよ」

「ワーも餓(アー)した！　ワーも食べるを欲(ほっ)すラ！」と游娜も駄々を捏ねるようにねだった。

「ツァーシー(やかましい)！」拓慈は少し離れたところに生えている高い樹を指差して言った。「リーはそこの芒果(マンゴー)食べろラ」

　拓慈の指差す先に目を向けると、傘の形をしていて鬱々と生い茂るその樹には確かに果実がたくさん実っていて、緑のものから黄色いもの、赤いものまであった。游娜は頬を膨らませながら、しかし素直に立ち上がり、その樹の方へ走っていった。拓慈からおにぎりを受け取ると宇実は暫く考え、そしてそれを三つに分け、二つを拓慈に返した。

「みんなで　たべよう」

　と宇実が言った。拓慈は特に何も言わず、黙ったままおにぎりを受け取った。

　一方、マンゴーの樹があるところでは、游娜は熟練した動きで樹の上に攀(よ)じ登っていき、枝を揺さぶると果実が次々と降ってきた。地面に落ちると潰れたものもあるが、そうでないものもある。暫く経つと、游娜はマンゴーを胸いっぱいに抱えながら小走りで戻ってきて、三人はそのまま昼食を食べ始めた。

「これは あなたが つくったの？」

宇実は拓慈に訊いた。そのおにぎりは宇実が食べたことのない種類のもので、ご飯に包まれているのは酸味のある漬物の野菜と、嚙むとぱりぱりと砕けるしょっぱい揚げパンだった。

「拓慈の飯団（ハンタン）、美味（おいしいでしょ）バー？」と游娜は何故か得意げに言った。

「まあね」いきなり褒められて、拓慈は照れ臭そうに目を逸らした。「ほんとは肉も入れて食べるんだけどね。マチリが終わったらまた作ってあげるよ」

マンゴーの皮を剝くと黄金色の果肉が現れ、酸味と甘みの調和が取れた味わいに宇実は暫くうっとりした。ここ数日飲まされてきたあの苦いことこの上ない薬も、これと一緒に出されていたらあるいは少し抵抗感が軽減されていたのかもしれない、などとぼんやり考えているうちにおにぎりもマンゴーも平らげてしまった。


ノロたちが集落に戻ってきたのはその三日後、満月の日だった。

その日は晴嵐は海に出ず、朝から忙（せわ）しなく動き回って供え物の用意をしていた。游娜と宇実も手伝い、三人で餅を蒲葵（ビロウ）の葉っぱで包んだり、できた蒲葵餅を蒸したり、豆腐を揚げたり、砂糖黍を切ったり皮を剝いたりした。やっとできた供え物を皿に盛り、その上にハイビャクシンの小枝を立てた時、既に正午が近かった。予定ではノロたちは正午に集落に戻ってくるので、游娜は急いで供え物を学校へ届けに行き、宇実もついていった。学校は敷地が広く、しばしば島民の集会所のような役割を果たしており、〈マチリ〉期間中も祭事の会場として使うらしい。

綺麗な青空の下で、集落は熱気で溢れ返っていた。祭事の準備に追われて住人は街を忙しなく行き交ったり、踊りや掛け声の練習をしたりしていて、中には牛や豚などの家畜を連れている人や、果物を山盛りにした大きな籠を頭に載せて運んでいる人もいた。あちこち色とりどりの幟が立ててあって、風に翻っている。幟に書いてある「無病息災」「豊作祈願」「海上安全」「大国人退散」などの文字はやはり宇実には読めないが、その色鮮やかな風景を眺めるだけでなんとなく高揚感を覚えた。

住人はほとんどお互い知り合いらしく、游娜を見かけるとにこやかに挨拶してくれる人が多くて、游娜もにっこり笑って挨拶を返した。宇実を指差しながら游娜に何か訊いた人もいたが、宇実に聞き取れたのは「ニライカナイ」の一語だけだった。

「さっきのひと、なんていったの？」と宇実はこっそり游娜に訊いた。

「本当に、ニライカナイから、来たんですか？　と、ターは訊いたんだ」游娜は不器用な

〈女語〉で答えた。

「みんなもう　わたしのことを　しってるの？」宇実は少し呆れるように言った。

「大家（ダジャ）（みんな）は非常に良い人ゆえ、宇実を心配してるラー」と、游娜は今度は〈ニホン語〉で言った。

何だろう、この不思議な感覚、と宇実は動き回る島民たちをぼんやり眺めながら思った。みんなそれぞれやることがあって急いでいるけれど、空気は少しも張り詰めておらず、人々もどこか余裕があるように感じられた。

学校は集落の東の方に位置し、何棟かの校舎に囲まれて芝生の校庭が広がっている。校庭のあちこちに御神輿が置いてあり、中央には櫓（やぐら）が建ち、櫓を中心にたくさんの色とりどりの提灯が放射状に宙に吊るされている。提灯にはやはり読めない文字が書かれているが、游娜に訊くとそれは島民の名前や店の名前だと分かった。自分の名前や店の名前を書いた提灯を吊るすことで、幸福や商売繁盛を祈っているのだという。

校庭の一角にはよく集会場として使うという広い屋敷があり、それはコンクリートの灰色の校舎とは違って木造の平屋で、屋根は赤瓦で覆われている。引き戸を開けて入ると、部屋の中は地面より一段高い畳敷きの床になっており、床には島民が納めた供え物が所狭しと並んでいる。供え物は多種多様で、游娜の家とは趣が異なるものもたくさんあった。

例えば大根を使った餅や、蒲葵ではなく笹の葉で包み、三角形に縛ったものがあった。この前食べたような飯団もある。供え物の多くは游娜の家のもののようにハイビャクシンの小枝が挿してあるが、ハイビャクシンではなく線香が刺さっているものもあった。見ている間にも島民は絶え間なく部屋を出入りしていて、スタッフと思しき大人たちは新しく到着した供え物を床に並べていく。

「游娜！」二人を認めると、スタッフのおじさんが声をかけてきた。「供え物アー？　こちこち」言いながら二人に手招きしている。

「舜華！　午安（こんにちは）」游娜がおじさんのところへ行って供え物を差し出したので、宇実もついていった。

「蒲葵餅と、炸豆腐と、甘蔗」

舜華という名のおじさんは游娜と宇実から供え物を受け取ると中身と数を確認して台帳に記入し、そして別のスタッフに渡した。そのスタッフは母丁字の葉で作った魔除けの扇で供え物の上を何度か扇いでお祓いをしてから、畳敷きの床に上がり、それを丁寧に並べた。

「游娜、下午は踊りするバー？　加油しろア！」舜華は游娜の肩をぽんぽんと叩きながらそう言った。「良い大人なれ」

「ワーは加油するダー！」游娜は胸の辺りで両手をぎゅっと握りしめながら、元気いっぱいの笑顔で答えた。舜華が微笑みを浮かべ小さく手を振ると、二人は屋敷を後にした。
〈マチリ〉最終日である今日の祭事はノロたちによる祈りや、島民による奉納舞踊など色々あるが、そのトリを務めるのが游娜と拓慈のようなもうすぐ成人を迎える子供たちで、無事〈島〉の未来を担える良い大人になれるようにという祈りを込めて、神々や先祖の霊に踊りを捧げるという。校庭に建っている櫓がその舞台なのだ。そのことは既に游娜から聞いているが、改めて期待で目を輝かせ、浮足立っている游娜を見ていると、宇実は妙に寂しい気持ちになった。

　游娜の家に戻ると拓慈は既に座卓に向かって座っており、お茶を飲みながら待っていた。西集落に住んでいる拓慈も当然今日は東集落に来るので、三人で一緒に〈マチリ〉の儀式を見物しようと約束したのだ。

「飯団、有するヨー！」二人を認めると拓慈は手を振って、手元にある風呂敷を顎で示した。

「ワア、飯団！　ワーは餓（アー）したラー！」游娜は待ちきれないというふうに拓慈の隣に座るや勝手に風呂敷を広げ、さっそくおにぎりを頰張り始めた。二人を微笑ましく眺めながら、晴嵐は厨房でお茶を淹れているので、宇実もそれを手伝った。〈島〉ではローゼルの萼（がく）で淹れた赤いハーブティーがよく飲まれ、その色はとても綺麗だが味は酸っぱく、宇実は飲めるようになるのにかなり時間がかかった。

昼間は暑いので、お茶には氷をたっぷり入れた。四人は座卓を囲んで座り、昼食を食べながらノロたちが戻ってくるのを待った。蒲葵餅や揚げ豆腐など、供え物は多めに作っておき、奉納に出さなかった分が昼食になるのだ。

しかしお腹がいっぱいになっても、ノロたちの帰還を告げる銅鑼（どら）の音は遅々として聞こえてこない。

「真に奇怪ナー」

晴嵐は何度か窓の外を覗き、太陽の高さを確かめた。正午は確実に過ぎており、予定通りならノロたちは既に集落に到着してもいい頃だ。一か月前に東集落から西へ出発したノロたちは、島内の御嶽で祈禱を行いながら徒歩で〈島〉を一周し、今度は太陽が昇ることを象徴して東の方から集落へ戻ってくる。だから本当は太陽の位置が低くなり始める前に集落に着くのが望ましいが、何故か遅れているのだ。

予定が狂ったのではないかと集落はどことなく騒（ざわ）めき立ち、何か知らないか？と尋ねに来る隣人もいた。周囲の不安に感染したのか、游娜と拓慈も居ても立ってもいられなくなり、そわそわしながら家の中を行ったり来たりしていた。自分たちの大事な出番に影響が出るのを心配しているのだと、二人の姿を見て宇実は密かに得心した。

どれくらい経ったか、影が正午よりずいぶん伸びた頃に、やっと誰か男が大きい声で叫んだ。「ノロ、回来したロー！」そして間髪入れずに雷鳴の如く銅鑼の音が鳴り響き、それを合図に島民の歓声がどっと沸き上がり、集落は一気に盛り上がった。

「ついに！」游娜はそう叫びながら家の外へ走っていき、宇実と拓慈も後ろについていった。

「言い忘れたけど」

ふと拓慈は声を抑えながら、宇実の耳元でこっそり囁いた。いつもより低く感情を帯びないその声に、宇実はびくっと震えた。「私に女語ができること、大人たちに言うなよ」

「どうして？」

と、宇実は訊いてみたが、拓慈はそれには答えず、歩を速めて家を出た。

道路には既に見物人がいっぱいで、みんな首を長くしてノロたちの帰還を待っている。

暫くして、やっと隊列が見えてきた。

隊列の先頭は獅子のお面を被った四人の人間で、獅子舞を演じながら進んでおり、彼らに先導され、ノロたちは二列に並んで緩やかに、一歩一歩踏みしめるように歩を進めている。ノロたちは全員白装束を纏い、白い鉢巻きをつけ、首からは勾玉を下げている。両手の甲には黒いインクで様々な複雑な形の文様が描かれていて、手には魔除けの扇と数珠を持ち、歩きながら扇をゆっくり扇いでいる。鼓を持っている人もいて、打ち鳴らしてリズムを取り、そのリズムに乗ってノロたちは神歌を厳かに謡い上げていた。歌の意味は宇実には分からないが、その旋律は緩慢ながらも独特な抑揚のつけ方をしていて、年を取った女性の声で歌われるとより一層神性が感じられ、宇実は思わず聞き入った。

かんぬみち　だかいせよ
だかいしたゆえ　かみほあひ
やまいのま　うみわたれ
わたりしたゆえ　たみげんこん
おおぐにびと　たいきょせよ
たいきょしたゆえ　しまばんに
うみのなみ　たつなかれ
しずまりしたゆえ　ぎょふびんあん
いねのほよ　よくみのれ
みのりしたゆえ　だじゃふうず

隊列の一番後ろを歩いているノロに、宇実は目を引かれた。他のノロたちは二列に並んでいるが、しんがりを務めるそのノロは一人で歩いている。彼女は背中がかなり曲がっていて身長は他の人の半分くらいしかなく、顔には深い皺が走っている。厳しく前方を凝視している両目は、よく見ると片方の瞳が白く濁っている。他のノロと同じく両手の甲に複雑な文様が描かれており、片手に魔除けの扇を持ち、もう片手は杖をつき、一歩進むごとに呼吸が乱れ、胸が激しく上下する。苦しそうに歩を進めているけれど、しかし一歩一歩がとてもしっかりしていて、隊列の中でその姿が一番存在感を持ち、荘厳にすら見えた。

「ターは大ノロオー！」

と、游娜が宇実に教えたが、言われなくても宇実には予想がついていた。大ノロというのだから年配の女性が務めているのだろうと宇実は想像していたが、実物を見ると、少なくとも見かけの年齢は宇実の想像を遥かに上回っていた。また、大ノロが纏っている厳(いか)めしい雰囲気に宇実はどことなく怖じ気づき、またしても不安を覚えた。

ノロたちの隊列の後に続くのは島民が担いでいる御神輿の隊列で、先刻の厳かな神歌とは打って変わり、こちらは賑やかな掛け声と拍手の音とともに御神輿を上下に揺らしながら進んでいる。游娜の解説によれば、彼らはノロたちが集落に着いてから隊列に加わったのだという。

行列が目指しているのは東集落にある御嶽〈史纂神社〉で、そこで最後の祈りの儀式が執り行われる。儀式が終わると〈マチリ〉も終わりを告げ、殺生や肉食などの禁はそこで解除される。その後に学校の櫓で行われる島民による奉納舞踊や游娜たちの踊りは、いわば祭事の余興のようなものらしい。

游娜と拓慈に従い、宇実も島民たちに流されながら御嶽へ向かった。〈史纂神社〉は入り口に二本の灰色の石柱でできた大きな門を構えており、門を潜るとコンクリートの広場がある。その広場の奥にぽつんと佇んでいる赤瓦屋根の木造の平屋が、〈史纂神社〉である。広場には茣蓙が敷かれており、ノロたちは広場に着くと来た方向へ向き直り、整然と並んで茣蓙に正座した。奥の方から順繰りに席が埋まっていき、最後に着いた大ノロが逆にみんなの先頭に座るという具合である。広場の横には大きな銅鑼がぶら下がっており、一人の男がバチを手にして待機している。御神輿は石の門を潜らず、門の前で下ろされた。島民たちも門の外から儀式を見物していた。

全員が揃うと、一人のノロが鼓を叩き、その音を合図としてノロたちは南を向き、両手を合わせて深々と拝んだ。

「最も高い御嶽に拝してるオー」と游娜は解説した。

確かにノロたちが面している南の遠くの方には高い山が聳え立っており、建物に視線を遮られながらも山岳の稜線の一部がくっきり見えている。そこが〈島〉で一番高い山であり、一番神聖な御嶽の所在地だという。島民たちもノロに従って山の方を向き、目を瞑って合掌し、辺り一帯は急に水を打ったように静まり返った。宇実はこっそり拓慈に目を遣った。何故か彼だけが山を見ず、そっぽを向いていた。

一礼が終わると、大ノロは両目を大きく見開き、山に向かって祈禱文を唱え始めた。白く濁った片方の目は既に光を映していないように見えるが、それでも揺るぎのない眼差しで山をしっかり見据えている。大ノロが一文を唱えると、他のノロたちもそれを繰り返す形で唱和した。その間にも魔除けの扇を揺らしている。島民たちはただ静かに儀式の進行を見守っていた。

やっと祈禱文の唱和が終わり、ノロたちは再び山に向かって深々と拝んだ。その一礼が終わると、待っていたとばかりにバチを持って控えていた男が銅鑼を盛大に打ち鳴らした。音が響き渡った瞬間、島民から歓声が沸き上がり、先刻の厳かな静寂が嘘のように人々は拍手したり、小太鼓を叩いたり、シンバルを打ち合わせたりと思いきり騒ぎ始めた。沸騰した熱気の中でノロたちは徐に立ち上がり、ひっそり神社の中へ入っていった。

「学校へ去しようバー」

游娜は宇実の手を握り、そう促した。游娜に手を引かれるままに宇実は歩き、その後ろを拓慈が無言でついてきた。

校庭の櫓では、島民たちが踊っている。

游娜のオヤも踊り手の一人である。普段の優しい顔とは打って変わり、旗魚を捕る時に使う突きん棒を手にしている晴嵐は険しい表情をし、笛や太鼓、三味線の伴奏の起伏や緩急に合わせてそれを突き出したり、掲げたり、回したりしながら、威勢の良い掛け声を上げている。これは旗魚捕りたちが大漁を祈るために捧げる舞踊だそうで、游娜の解説によれば、〈島〉にとって旗魚はとても大事な産物なので、この踊りは全身全霊を注いで踊らなければならないらしい。

晴嵐たちの踊りを、宇実は芝生に座って一人で見ている。周りは島民たちの騒めきで賑わい、豚を焼く香ばしい匂いが絶えず鼻を突く。〈マチリ〉が終わり、殺生の禁が解かれると、人々はすかさず豚や牛を屠(ほふ)り、それを調理して食べ始めた。拓慈も学んだ技術を活かして豚を一匹屠り、その豚は今や鉄の棒で身体を貫かれて校庭の一角に吊るされており、炭火で焼かれている。拓慈の師匠だという男はその隣で肉を削ぎ落としては皿に取り分け、食べたい人は自由に取っていいことになっている。肉だけではない。島民たちが納めた供え物もその役割を終え、ビュッフェと化している。

游娜と拓慈はいない。二人とも出番の準備で忙しいのだ。旗魚捕りたちの踊りのあと、いよいよ準成人たちが登場する。相変わらず雲一つない快晴の空だが、陽射しの角度が既にかなり傾いており、座っていても影が長く伸ばされている。本来ならもう二人が踊っている時間のはずだが、ノロたちが村に着くのが遅かったせいで全ての出し物の時間が繰り下がったのだ。

自分が本当に二人の踊りを見たいのかどうか、宇実には分からない。周りが騒がしければ騒がしいほど、寂しさの波が押し寄せて宇実を息苦しくさせる。游娜たちと違って、自分は〈島〉の人間ではない。游娜たち、そして〈島〉の人たちにとってとても大事に違いないこの祭事を、自分はどういう立ち位置で見ればいいのか、宇実には見当がつかない。游娜たちにとってのこの舞踊のように、自分にも大事なものがかつてあっただろう。しかしそれが何なのか、宇実には思い出せない。その事実が小さな空洞として宇実の心に巣食い、空洞は時として急速に広がって空虚となり、宇実を飲み込もうとする。

やがて旗魚捕りたちは退場し、游娜と拓慈を含む二十人前後の子供が舞台に上がった。普段の四布織ではなく、みんな赤を基調にして様々な装飾を加えた色鮮やかな膝丈の着物を身に纏い、頭には羽根をつけた真っ赤な冠（かんむり）を被っている。子供たちは二列に並び、互いに手を携えて音楽が奏でられ出すのと同時に踊り始めた。游娜は前列の真ん中に並んでいて、隣の拓慈と手を繋ぎながら跳ねたり頭を揺り動かしたり足を蹴り上げたりし、それとともに着物の裾が微かにめくれ、長い髪が背中で揺れた。

陽射しを反射する華麗な衣装が眩しく感じられ、宇実は思わず目の前に手を翳した。遮られた視界の中で、游娜の細い小麦色の両足だけが軽やかに躍動している。それを見ると宇実は切ない気持ちになり、鼻の奥がじんと痛むのを感じた。溢れ出そうな涙をぐっと堪(こら)え、宇実は立ち上がり、さんざめく校庭を駆け足で離れた。

学校を離れると周りは急に静かになった。島民はみんな学校に集まっているから道路にはほとんど人影がなく、家々の中にも人の気配が全くしない。家にいなくても、〈島〉の人たちは鍵などかけず、それどころかドアを開けっぱなしにしたままの家もたくさんあった。もし自分が今どこかの家に入って何かを盗んだとしても、誰にも気づかれないだろう、と宇実は思った。しかし次の瞬間、仮に何かを盗んだとしても、自分はどこに持っていけるんだろう、と考えが及び、思わず溜息を吐いた。

記憶を頼りに、宇実は自分が発見されたという〈北月浜(ベユエはま)〉へ向かった。集落の北に位置しているこの砂浜は、季節にかかわらずいつ何時(なんどき)も赤い彼岸花の絨毯に覆われているらしく、今でも燃え盛っている。緑の茎に支えられている無数の妖艶な炎の触手、それが傾きつつある橙色の西日を照り返し、今にも燃え尽きて消えてしまいそうで儚(はかな)く見えた。宇実は花を一本手折り、砂浜に腰を下ろし、黄金色に染まっていく海面を見るともなしに眺めながら、それを暫く弄(もてあそ)んだ。手に痺れを感じた時、〈島〉の彼岸花には麻酔効果があることを思い出し、慌ててそれを手放した。海風が強く、手放すと花は風に翻弄されながら遠くへ飛ばされていった。

　祭りの喧騒が耳に残した残響を、押し寄せる波の音がゆっくり洗い流していく。潮風の匂いを嗅ぎ、爽やかで規則的な波の音に耳を傾けていると徐々に心が落ち着いてきて、真っ赤な着物を着て踊っている游娜と拓慈の姿も頭にちらつかなくなった。

　当たり前のことだが、游娜も拓慈もこの島で生まれ、この島で育ってきた。この島で成人を迎え、これからもこの島で生きていくだろう。宇実は考えた。自分が流れ着いた言葉も習慣も違うこの異境の島が、二人にとっての故郷なのだ。そんな二人を見ていると、過去すら持たない自分の寄る辺なさを突き付けられているようで苦しかった。

　游娜には言っていないことだが、宇実にはほんの少し、昔の記憶が残っている。別に隠そうと思って隠しているわけではない。それらの記憶は断片とすら言えないほどの、ほんの僅かな、例えるならば水面を掠める光と影のような捉えどころがない印象みたいなもので、それを言語化する術を宇実は持っていないのだ。

　それでも、〈島〉で見聞を広めていくとともに時々掠めては消える光と影を、宇実は何とか記憶にとどめることに成功したこともあった。大嵐、稲妻、打ち寄せる荒波、傾いていく甲板、それらの映像は恐らく自分がここに漂着する前に目にしたものだろう。それとは別に、他の記憶もあった。昔住んでいた場所の記憶。靄のかかったそれらの記憶の閃きを懸命に掻き集めてもはっきりとしたことが何一つ分からず、唯一言えるのは、そこは〈島〉とは全く違う場所だったということくらいである。

例えば、そこの人たちは〈島〉のような平屋ではなく、大きく四角い箱のような建物の中に住んでいる。箱の内部は無数の部屋に仕切られ、それぞれの部屋に一つのファミリーが身を寄せ合って生活している。また、そこの人たちはほとんどが白い服を着ているような気がする。服だけではない。住んでいる場所も含めて、全てが白っぽくて、清潔で、無菌な感じがする。陽射しの角度などで時間を判断する〈島〉とは違って、そこにはより正確に時間を測る手段があって、それ故にみんないつもピリピリしていて時間と追いかけっこしていた。学校もあるけれど、それも〈島〉とはかなりシステムが違うらしい。

それともう一つ、くっきり脳に焼き付いている映像がある。それは水分をたっぷり含んだ、一対の唇。誰のものかは覚えていないが、その唇は微かな光を湛えていてとても柔らかそうで、それを思い出すと香りまで漂ってくるようだった。

様々な思いが胸を去来しているうちに、西日は緩やかに水平線に近接していった。遠くの空を赤く染め上げながら水面に飲み込まれていく夕陽を、宇実はぼんやり眺めた。太陽が水平線に沈み切った後でも、宇実は暫く呆然としていた。

「リー、ここに在するアー！」

急に背後から声をかけられ、振り返ると、游娜が後ろに立っていた。色鮮やかな赤の着物はそのままで、日没後なおほんのり明るい光の中で、彼岸花の絨毯と渾然一体となっていた。游娜はかなり走り回ったらしく、ぜいぜいと息を切らしていて、赤い冠に挿してある羽根は風に靡いて揺れている。

「ごめん、さがした？」

言いながら宇実は立ち上がろうとしたが、その瞬間、游娜の方から駆け寄ってきて宇実へ飛びかかり、あまりにも強い勢いで二人ともバランスを失い、砂浜の上に倒れ込んでしまった。

「随便走るは駄目ラ！」

宇実を抱きしめながら、游娜は声を張り上げて訴えた。「在せずなりしたと思いしたロ！」

游娜の声が涙に咽んでいることに宇実は気付き、ハッとした。目を凝らしてみると、游娜の両目は赤く腫れていて、海風に吹かれて乾いた涙の痕がまだはっきり見えている。倒れた拍子に頭から落ちた冠は彼岸花の群れに横たわっている。急にいなくなった自分を心配しているのだ。游娜の言葉は完全には理解できないけれど、そう思うと宇実は申し訳なさでいっぱいだった。

「ごめんね、もうしない、もうふたたび しないね」

そう言いながら、まだ激しく上下している游娜の背中を、宇実は優しく摩ってあげた。

宵闇に包まれながら学校へ戻る道中、〈北月浜〉は本当は入ってはいけないところだと游娜から教わった。

〈島〉で自生している彼岸花はとても大事な薬用植物であり、また非常に強い麻酔効果を持っているため、その群生地に入っていいのはノロたちと、花の扱いに慣れている〈彼岸花採り〉の人たちだけである。だから宇実がいなくなったと気付いた時、游娜はまず集落のあちこちを探し回ってからやっと北月浜を思い付いたのだ。游娜はまだ成人していないが、学校では花の扱いに関する訓練を受けているため、北月浜への出入りが許されている。〈ノロ〉と同じ、〈彼岸花採り〉になれるのは女だけだという決まりがある。

話を聞いて、宇実は拓慈のことを思い出した。男の子だけど、女にしかなれない〈ノロ〉に憧れる拓慈。誰よりも女語が上手なのに、それを知られたくない拓慈。美味しいおにぎりを作って食べさせてくれる優しい拓慈。「私に女語ができること、大人たちに言うなよ」という拓慈の言葉が脳裏で木霊する。いくら頑張ってもなりたいものにはなれないにもかかわらず、頑張らずにはいられない拓慈を、宇実はどことなく愛おしく思った。

学校に着いたとき空はすっかり暗くなっていた。校庭の中央にあった櫓は既に撤去され、代わりに薪（たきぎ）が高く積み上げられており、炎がめらめらと燃え上がって辺りを明るく照らしている。その焚き火を囲んで、島民たちは互いに手を繋いで幾重もの輪となり、音楽に合わせて高らかに歌いながら踊り狂っている。

校庭に近づくと拓慈が二人に気付き、駆け寄ってきた。

「どこに行ってたんだよ、游娜がすごく心配してたぞ」

と、拓慈はちょうど二人にしか聞こえない声量で言った。

「ごめん、もうかってに いなくなったりしない。うけあうよ」宇実は両手を合わせ、素直に謝った。

「まあ、お前がいなくなったところで私は別に構わないけどね」と、拓慈が言った。「飯団あるけど、食うか?」

「たべる」

と、宇実は微笑みを浮かべながら言った。

拓慈が渡してくれた飯団は、今まで食べたものとはまた違う味をしていた。殺生の禁が解かれたので、肉を入れてもよくなったのだ。今食べている飯団にはスパイスのよくきいた、煮込んだ豚の角煮が入っている。

「うまいか？」

と、拓慈は宇実には見たことがない、ピンク色の蒸しパンを食べながら訊いた。

「おいしい」と、宇実は素直に答えた。

「なら良かった。今日は思いっきり食べるといい」

島民たちが納めた供え物のビュッフェはまだかなり残っており、宇実も拓慈が食べていたような蒸しパンを探し当て、それを食べてみた。仄(ほの)かに甘く、あっさりした味だった。游娜が笹の葉に包まれている茶色の糯米(もちごめ)の塊を食べているのでそれも少し分けてもらった。濃い目にしょっぱく味付けされた糯米の中にはピーナッツや椎茸(しいたけ)、卵黄が入っていて、豊かな食感を織り成していた。晴嵐が殺生解禁後に作ったという旗魚の刺身もあり、それも柔らかくもちっとしていて美味しかった。

お腹がいっぱいになると、三人は島民たちの輪に加わった。亜熱帯の島とはいえ、半袖の四布織一枚だけではやはり秋の夜は少し肌寒いが、燃え盛る焚き火を囲んでいるとその熱で身体が暖まった。音楽はタンバリン、マラカスとカスタネットだけのものだが、島民たちの歌声が加わればそれで十分に盛り上がった。游娜を真ん中にして、三人は手を繋いで踊り始めた。游娜と拓慈は島民たちと一緒に歌っていて、歌の内容は宇実には分からないし、踊り方も分からず足元がぎこちないが、それでも旋律に合わせて身体を揺らしているだけでとても心地良く感じられた。左手に握られている游娜の柔らかい右手を感じていると、ここはもう見知らぬ異境の島などではなく、自分のことを想ってくれて、心配してくれる人がいる暖かい島なんだと、宇実には思えた。記憶を持っていない自分にとって、ややもすればこの島が世界で一番故郷に近く、一番安心していられる場所なのかもしれない。

どれくらい踊ったのか、薪が何度も足され、歌声が何度も止んでは再開した。銀色の満月が中天に昇りかかっても島民たちは一向に解散する様子がなく、夜はこれからだと言わんばかりに、飲んで、歌って、踊った。不吉な気配を帯びる騒めきが広まったのは、宇実がいよいよ眠気を感じ始めた時だった。その騒めきは島民の円陣の一点から端を発し、たちまち広まっていき、瞬く間に祭りの高揚感を上書きしてしまった。歌声が止み、踊りが止まった。島民たちは不安な表情を浮かべながら顔を見合わせたり、囁き合ったりして、中央で燃えている炎まで翳って見えているかのようだった。どうしたのだろうと周りを見回す宇実に状況を教えてくれたのは、他の島民たちと同じ深刻な表情を浮かべている游娜だった。

「大ノロ、倒れしたロ！」

2

断崖の上に立つと、見渡す限り瑠璃紺の大海原が広がっている。

海岸は植生に覆い尽くされ、陽射しを受けて瑞々しく光り輝く。茶色の芒と白い茅が風に靡いて揺れ、その下で砂蔓が恣に蔓延っている。鉄砲百合の白い花、山丹花の赤い花、そして蘇鉄の低木。阿檀が細長い葉を伸ばしている傍らだけ、灰白色の岩場が剝き出しになっており、その岩場の上には大きく、深い割れ目が横たわっている。割れ目から遠くないところに、膝くらいの高さの小さな祠があり、青銅の地蔵菩薩像が祀られている。

崖の上に突如現れる巨大な裂け目の縁に立ち、宇実はそれを見つめたまま暫く呆然とした。まるで大地の傷口かと思えるようなその裂け目はとても長く、幅も宇実の身長の二倍はあった。中を見極めようとしても底が全く見えず、そのまま地底に通じているかのようだった。もし中へ落ちてしまったら、二度と地面には登ってこられないだろう。しかも、裂け目の岩壁に沿って乱雑に生える阿檀の葉縁には、触れると肌が切れそうな無数の小さな棘がついている。それらの棘を見ると、宇実は思わず全身が粟立（あわだ）った。

游娜によれば、この裂け目は大昔からここにあったという。大昔というのはどれくらい昔なのか誰にも分からない。景色が綺麗なので小さい時からよく友達と一緒にここへ遊びに来ていた。ここへ来ると、肝試しとして裂け目の底まで下りてみようという話がよく出たが、誰も一番乗りになりたがらないので、結局下まで下りた人は誰もいなかった。裂け目の下には一体何があるのだろう、視線を吸い込まれるような底なしの暗闇を眺めながら、宇実はぼんやり考えた。游娜はといえば、宇実の感想とは関係なしに、あちこちで花を手折って遊んでいる。

「見ろ！　こは、リーに給う（あなたに上げる）！」

戻ってきた游娜の手は、可愛らしい赤いブレスレットを持っていた。よく見ると、それは山丹花の花を繋げてできたものだった。宇実が手を差し出すと、游娜はそれを宇実の手首につけてくれた。

「かわいいね」

と宇実が言うと、游娜は大きく顔を綻ばせた。

大ノロの体調が回復するまで、半月かかった。

もとより高齢のせいで体力が低下しており、そこに〈マチリ〉という一か月がかりの行事がのしかかったため、身体が持たなかったそうだ。〈島〉はさほど広くなく、日の出とともに出発すれば徒歩でも日没までには一周して帰ってこられる。一か月かけて一周するというのは本来なら大して苦にはならないはずだが、〈マチリ〉となれば話は別だ。〈島〉の御嶽は十数か所に点在しており、中には深山に隠れているものもある。地形の起伏が激しく山道も険しいので、全ての御嶽を徒歩で回り、神事を行うのは高齢者にとってかなり大変な作業である。最終日の帰着が遅れたのも、大ノロの体調が芳しくなかったためだった。

元々〈マチリ〉が終わった翌日に游娜と一緒に大ノロを訪ねる予定で、そのため緊張していた宇実は肩透かしを食わされたような気分になった。どれくらい待てば大ノロに会えるか分からない、そう思うと宇実は心が重くなったが、游娜は寧(むし)ろそれを機会と捉えているようで、その間に宇実を〈島〉のあちこちへ案内した。

游娜はまだ成人しておらず車を運転できないので、二人は馬に乗ることにした。東集落を離れて更に東の方へ進むと広大な牧場があり、そこで馬たちがのんびり牧草を食べながら生息している。〈島〉の馬は一般的な馬より体型が小さく、性格も温順で、游娜のレクチャーのおかげで宇実もすぐ乗れるようになった。そんなにスピードは出せないが、徒歩よりは楽だった。

游娜の案内のもとで、宇実は〈島〉の色々なところを見学した。東側の丘陵に立っている巨大な風力発電機や、遠くの海上を眺望できる展望台、西側の海岸に横たわっている長い断層や、岬に立っている灯台など。南集落や、拓慈が住んでいる西集落にも行った。西集落にも御嶽があるが、それは東集落の史纂神社とはかなり違う外観を持っていた。入口の門は四本の朱塗りの円柱でできていて、赤瓦の屋根には龍の彫像が左右対称に並んでいる。真ん中の二本の円柱には宇実の読めない例の四角い文字で、

天道本慈仁航渡群黎登聖域
后恩施沛澤善導赤子醒迷津

と、金の漆で書かれている。游娜の説明によれば、この御嶽は〈天后宮〉と言い、海上安全を守る女神を祀っているのだという。〈島〉には色々な神がいて、島を守ってくれているらしい。そう思った宇実は、御嶽に向かって静かに合掌した。

大ノロが自宅で静養している間も、〈島〉の営みは止まらなかった。秋が次第に深まり、島民は四布織の上に上着を羽織るようになった。稲刈りもいつの間にか済まされ、黄金色に輝いていた田んぼは今や乾いた短い茎しか残っておらず、何となく寒々しく感じられた。

〈マチリ〉が終わったので学校も再開した。游娜はほぼ毎朝学校へ行き、午後に帰ってくる。二人はそのあと馬に乗って〈島〉を回って遊んだり、言葉の勉強をしたりした。宇実と円滑に意思疎通ができるようにと、游娜は〈女語〉の習得により一層力を入れていたし、宇実もまた〈ニホン語〉がだんだん身についてきた。時々拓慈も游娜と一緒に帰ってきて、二人に言葉を教えた。

満月が新月に戻った頃、宇実はようやく大ノロに会うことができた。

その日の朝、宇実は游娜と晴嵐の同伴で、大ノロの家を訪ねた。大ノロの家は史纂神社の近くにあって、見た目は他の家とあまり変わらなかった。灰色の石塀に囲まれた珊瑚石の庭、庭に植わっている薬用植物、そして古びた木造の平屋と赤瓦の屋根。庭に高い赤木が生えていることが、他の家には見られない唯一の特徴だった。

大ノロの世話をしているという若いノロに案内されて家に上がると、中は畳敷きの部屋で、三人は客間で腰を下ろし、出されたローゼルのお茶を飲みながら待った。暫くすると、大ノロは重い足取りで奥の部屋からゆっくり歩いて出てきた。〈マチリ〉で見たのと同じ白装束で、相変わらず腰が曲がっている。白いワンピースを着ている宇実の姿を認めると、濁っていない方の目には一瞬驚きが閃いたが、すぐさま平静を取り戻した。座卓を挟んで、大ノロは徐に三人の向こうで腰を下ろした。

「話は聞いた」

　と、大ノロは〈女語〉で言った。嗄（しわが）れた声音には反論を許さないような威厳が込められている。「お前は〈島〉に属しておらん。悪いが出ていけ」

「大ノロ！」

　と、游娜はすかさず抗議した。「駄目ラ！　宇実は記憶無故、帰るべからずダ（宇実は記憶がないから帰れないの）」

「属しておらん」の意味は分からないが、「出ていけ」ははっきり聞き取れたので、宇実は胸が締め付けられたように息が苦しくなり、頭が真っ白になった。何を言えばいいのか、言葉がまるで出てこない。

「大ノロ、私からもお願いです」

　と、晴嵐も女語で言った。「この子はここに流れ着く前の記憶がないんです。〈島〉を出ていけといっても、どこへ向かえばいいか分かりません。それに、もうすぐ冬なんです。冬になると海が一層荒れるので、あまりにも危険です」

　大ノロは三人を睨むように見つめながら、口を真一文字に結んだまま暫く沈黙した。片方の目が白く濁っているせいでその視線が少し不気味に感じられ、宇実は俯いて目が合うのを避けた。座卓に置かれた、指を組んでいる大ノロの両手が視界に入り、宇実は愕然とした。大ノロの両手の甲にある複雑な黒い文様、マチリの時にそれはインクだと思っていたが、近い距離で見るとそれはどう見ても手の甲に入れられた刺青なのだ。刺青はかなり昔に入れたものらしく、今や伸びて皺くちゃになった肌とともに、ところどころ変形したり色褪せたりしている。ふと拓慈の顔が脳裏に浮かんだ。初めて拓慈に会ったとき彼の手は何かで汚れていたが、それが何なのか宇実にはやっと合点が行った。

「〈島〉に住んでいる人々を守るのが私の責任だ。外の人間を入れるわけにはいかん」

ややあって、大ノロは再び口を開き、結論付けるように言った。そして鋭い目つきで游娜を睨みつけながら、「お前ももうすぐ成人なんだから、女語をもっと上達させんとノロにはなれんぞ」と諭した。

予想より有無を言わせない厳しい口調に、游娜も晴嵐も怖じ気づいたようで黙り込んでしまった。重い空気が四人の間に横たわり、時間だけが音もなく流れていく。搏動（はくどう）する心臓を落ち着かせようと手で押さえながら、宇実は何度か深呼吸をした。そして勇気を振り絞って、大ノロを見つめながら言った。

「〈島〉を でていっても かまいません」

言いながら、声が震えていることに気付いた。口が乾き、お腹の辺りがずきずき痛み出した。「でも どこへ いけばいいか、まことに わからないのです」

「そりゃ私が関知することじゃあない。どこへでも好きな場所へ行くといい」

大ノロは目を逸らせながら、きっぱりと言った。

「なにか、わたしが すんでいたところについて、なにか しっていることは――」

「お前のことについて、私は何も知りやせん」

こちらの話を聞こうとせず、一方的に突っぱねた大ノロに対して、宇実はだんだん腹が立ってきた。

「あなたには シ、ン、パ、シ、ー、が ないんですか？」

と、宇実は思わず激昂し、そう訴えた。「わたしは、メ、モ、リ、ー、を うしなって――」

「やかましいな」

またもや大ノロが宇実の話を遮り、目もくれずに言い捨てた。「しかも何言ってるのかよう分からん。まともに会話もできないんなら、話はここまでにしよう」

まともに話ができないのはそっちだろう――大ノロの態度に宇実は憤りを覚え、つい睨みつけるような挑発的な目線を向けた。同時に上歯で下唇を噛み締め、溢れ出そうな涙を堪（こら）えた。なんでこんな目に遭わなければならないのだろう、宇実は自分の身に起こったことを恨んだ。経緯（いきさつ）なんかどうでもいい、〈島〉なんかに漂着せず、海で荒波に呑まれて死んでいればよかった、と宇実は思った。大ノロは宇実の方には見向きもせず、ひたすらお茶を啜っては窓の外を眺めていた。

「大ノロ！」

今度は游娜が口を挟んだ。「海の向こうは、ニライカナイじゃないんですか？」

宇実は游娜の方に目を向けた。またニライカナイの話か、と半ば呆れながら。そんな宇実の反応に、游娜は気付かなかった。

「ニライカナイは、私たちの故郷じゃないんですか？　宇実はニライカナイから来ました。だから、宇実も私たちと同じです。故郷は、同じです」

不器用な女語を駆使して懸命に訴える游娜を、大ノロは不思議そうに一頻り凝視した。濃い靄がかかっているような白い方の目も、靄の裏から少しばかり光が差してくるように見えた。游娜はなおも喋り続けた。

「ニライカナイは、私たちにたくさんの宝物を給い……くれます。ニライカナイは、いいところです。宇実は、いいところから来ました。〈島〉もいいところです。違いますか？」

もう言葉が見つからないように游娜の声は消え入り、口だけがまだ何か言いたげに開いていた。そんな游娜に対して、大ノロは何も言葉を発さず、ただ黙したまま睨みつけるように見つめた。激昂した游娜の小麦色の顔が微かに紅潮し、胸の辺りが激しく上下していた。ややあって、大ノロは表情が和らぎ、そして感心したように頰が緩んだ。

「お前は、ニライカナイに行ってみたいかい？」

大ノロは出し抜けにそう訊いた。

大ノロの表情の変化に気付き、游娜も少し安心したらしい。「行ってみたい！」と游娜が言った。

「この人がニライカナイから来たというんなら、お前が連れていってもらえばいいじゃないか。何もノロなんざ目指さなくても」

言っていることは意地悪ではあるが、大ノロの顔には既に微笑みが湛えられており、今の言葉はただの冗談であることが誰にも分かった。そんな大ノロを見て、三人はほっとした表情になり、静かに次の言葉を待った。

暫くしてから、大ノロはまた真剣な顔つきに戻り、口を開いた。

「確かに晴嵐の言う通り、冬の海は危険だろう」

大ノロはそこで一旦言葉を止めた。そして宇実を見据えながら、話を続けた。「お前には、春に出ていってもらう」

「大ノロ！」游娜は声を張り上げて抗議した。

「出ていきたくないんなら」

そんな游娜を無視し、大ノロは続けて言った。「春までに〈島〉の言葉を身につけなさい。そして〈島〉の歴史を背負って、ずっと〈島〉で生きていきなさい」

大ノロの言葉を理解するまで、少し時間がかかった。「歴史」という言葉は拓慈から教わったし、歴史を背負うというのは〈島〉ではどういう意味か、宇実にも分かっている。しかし現実感がなかった。宇実はきょとんとしたまま、確認するように晴嵐と游娜の方へ目を向ける。晴嵐は明らかに安心した様子で溜息を吐き、胸を撫で下ろしていた。游娜はと言えば座卓を回って大ノロの傍へ駆け寄り、彼女に抱きつきながら「ありがとう」と連呼していた。大ノロは顔を綻ばせながら、游娜の頭を撫でている。先刻大ノロとの間にはだかっていた途方もない距離感がまるで嘘のように消え去り、今の二人はただの優しいおばあさんと、おばあさんに懐（なつ）いている少女に見えた。あまりにも激しい変わりように、宇実は暫く啞然とした。

「大ノロはいい人ラー！　心配用いず」

紙に字を書きながら、游娜は言った。

そんな無邪気な游娜を見ていると、宇実は複雑な心持ちになった。マチリの時も、游娜は同じようなことを言っていた。みんな、いい人だと。この子にとって悪い人なんているのだろうか。もしこの自分が、〈島〉の外から突然やってきたこの正体不明な自分が悪い人だったら、一体どうするつもりなのだろう。〈島〉のことを何一つ分からない自分は、本当に〈島〉の歴史なんか担えるのだろうか。

「こわかったよ」

胸裏に去来する様々な思いを振り払い、宇実は言った。そして〈ニホン語〉で、「非常に、怕（バー）、するべし」と言い直してみた。

「怕（怖）するべからず（くないよ）ラー」と游娜が言った。「相処（シャンチュ）して久しいば、人は非常にいい」

游娜は黒いペンで、一画一画、文字を書いて宇実に見せた。宇実には読めない、あの黒々とした四角い〈島〉の文字。まずは点、点、左から右へ横棒を引いてから左へ短くはらい、そして横棒にまた横棒、最後に縦棒を引いてまた小さくはねる。点と線と小さなはらいやはねを積み重ねていくだけで、一つの字が出来上がる。その字を、宇実は不思議そうにじろじろ見つめた。

「これは宇実の字オー！」と游娜は言った。「書いてみろバー」

宇実も見よう見まねで書いてみた。点、点、横棒、はらい、横棒、横棒、縦棒、はね。しかし出来上がった字はどうもどこか歪んでいるように見え、游娜が書いたようなバランスに欠けている。それでも辛うじて字として成り立っているようで、游娜は満足げに頷いた。そして先ほど書いた字を塗り潰してから、

「次は見ずに書いてみろバー」と言った。

参照するものがなくなった途端、先刻覚えた筆画が瞬く間にどこかへ飛んでいった。点と横棒と縦棒があるのは覚えているが、順番も画数も覚えていない。悶えながらそれらしいものを書いて游娜に見せると、游娜は苦笑いしながらゆっくり首を振った。

「これは　むずかしい……こは困難、ラー」

と宇実は言った。「リーの名字（あなたの名前）、書くを欲す（が書きたい）ラー」

宇実のリクエストに応えて游娜は自分の名前を書いてみせたが、しかしそれはさっきの「宇」よりずっと難しく見え、それを眺めているだけで宇実は頭が痛くなってきた。

「放棄するは駄目！」游娜は宇実を励ました。「一緒にノロなりしようバー」

一緒にノロになろう。游娜にそう言われると、宇実は拓慈を思い出し、罪悪感を覚えてしまう。

結局大ノロを訪ねても、宇実が住んでいた場所や、〈島〉に漂着した経緯について、何一つ分からなかった。宇実が〈島〉に住み続けることを大ノロは一応許可したものの、〈島〉の言葉である〈ニホン語〉と〈女語〉を習得すること、そして〈島〉の歴史の担い手、すなわち〈ノロ〉になることが条件として課された。それらの条件を達成できなければ、〈島〉を出ていかなければならない。宇実の実年齢を知る術がないので、游娜たちと同い年ということにした。来年の夏、宇実は游娜たちと一緒に〈成人の儀〉に参加する。

ノロになれるかどうかはそこで決まるのだ。それまで宇実は〈島〉の他の子供と同じように学校に通ったり、〈女語〉の講習を受けたりすることになった。

「なんだよそれ」

游娜と宇実から話を聞いた拓慈は眉をひそめ、二人から目を背けてぼそっと呟いた。

「よそ者のくせに」

早速翌日から、宇実は游娜と一緒に学校へ行った。二人が通う高等部では生徒の志望職業に合わせて様々な職業訓練が行われているが、宇実には特になりたい職業がないので、游娜と一緒に植物に関する授業を受けた。授業では〈島〉に自生している植物の特徴や薬用の効能について勉強するが、游娜はこれがかなり得意なようで、しばしば講師から他の生徒に模範解答を示すように求められた。未成年でありながら彼岸花の群生地へ立ち入ることを許されているのも、游娜だけだという。

学校では他にも、例えば農業や旗魚捕り、牧畜、紡績、物作りなど様々な授業があり、実技訓練で実際に海に出たり工場に入ったりすることもよくある。拓慈が受けている屠畜の訓練も、やはり実技が多い。

その日の学校が終わった後のことだった。生徒たちはほとんど家に帰ったが、まだ残っている人は校庭のあちこちで群れて談笑したり、植物を採って遊んだりしていた。游娜と宇実は拓慈と合流し、三人で校庭の一角に座り、秋風に吹かれながら話している。雲が重そうな曇天で、ガジュマルの気根が風に揺れ、萎れた鳳仙花が力無さそうに地面に落ちた。大ノロに会いに行った結果を拓慈に伝えると、彼はあからさまに不機嫌になった。

「拓慈！」游娜は彼を咎めた。「そんなこと、言うは駄目ラ！」

「何故ラ！」

拓慈はいきなり立ち上がって怒鳴った。すぐに自分の失態に気付き、気まずそうに地面を見つめながら再び腰を下ろしたが、拓慈の突然の反応に游娜も宇実も愕然とし、暫く言葉を失った。

「なんだよそれ」

ややあって、拓慈は弱々しく呟いた。「不公平に過ぎる」

そんな拓慈に対して宇実はどう反応すればいいか分からず、ただ距離を保ちながらぼんやり彼を眺めていた。游娜はと言えばゆっくり腕を伸ばし、拓慈の肩に手をかけた。そして顔を拓慈に近づけ、彼の耳元で囁くように慰めた。

「大ノロに、会いに行こうよ」

と、游娜は言った。「拓慈は〈島〉を愛している、〈島〉の歴史を担いたい。大ノロは分かってくれる」

「無理だよ」拓慈は力が抜けたままゆっくり頭を横に振り、呟くように答えた。「そんな前例なんてない。大ノロが許可する理由がないんだ」

「そもそも」

と、宇実は恐る恐る口を挟んでみた。拓慈と游娜が一斉に宇実の方へ視線を向けた。拓慈の目に表れているはっきりとした嫉妬と羨望の色に、宇実は思わずぎょっとした。それでも訊かずにいられなかった。「なんで　ノロに　なれるのは、おんなだけなの？」

「知るか」

と拓慈はすぐさま言い捨てた。「ずっと昔からそうなんだよ。お前が島に来るよりずっと昔だからな。どっちにしてもよそ者が口出しするようなことじゃないだろう」

「拓慈！」

と、游娜が咎めたが、拓慈はなお捲し立て続けた。

「それとも憐れんでいるのか？　なんで私がお前に同情されなきゃならないんだ。まったく、女っていいご身分だよな。たとえよそ者でも、女に生まれていればノロになれ――」

拓慈の言葉を遮ったのは、耳を劈くような派手な打音だった。拓慈の頬を叩いた游娜は、次の瞬間に彼を抱きすくめて、耳元で小さく呟いた。「拓慈、もういいロー、言うをやめろロー」

いきなりビンタを食わされた衝撃で拓慈は呆然としているようで、前方の地面の一点を見つめながら黙り込んだ。宇実はもう何も言う勇気がなく、ただおずおずと二人を静かに見守っていた。沈黙がずっしりと重い足取りで通り過ぎていく。

暫く時間が経ち、拓慈は游娜の腕を振り払い、黙ったまま立ち上がってその場を離れた。拓慈の長い髪は今日は簪でまとめておらず、ただ一つに束ねているだけで、歩を進めるごとに背中で揺れていた。そんな拓慈の背中を見ていると、宇実は心がひりひりと痛むのを感じた。

あるいは拓慈の言う通りかもしれない。練習のお手本として游娜に書いてもらった「游娜」「宇実」「拓慈」という六つの文字を指先でなぞりながら、宇実は思った。あの日から、拓慈とは会っていない。明らかに自分を避けているのだ。無理もない。〈島〉で十数年も暮らしてきた彼の方が、どう考えても自分より〈島〉の歴史を受け継ぐ資格がある。女語だって誰よりも流暢に操っている。なのに、男に生まれただけで、彼は〈島〉の歴史を知ることを許されない。本当は女語を習得することすら許されないのだ。その歴史が間違いなく彼という存在に連なり、彼もまた歴史を形作る過程に携わっているにもかかわらず。

これらの四角い文字の一つ一つに意味が込められている、と游娜から教わった。例えば「宇実」の「宇」は、大地と大空の意味がある。ウミなのに、大地と大空。そう思うと宇実は可笑しくなってひとり笑みを零した。「游娜」の「娜」は「たおやかで美しい」という意味があり、「拓慈」の「慈」は「いつくしむ」「深い愛情」などの意味がある。なんて美しい名前、美しい文字だろう。「慈」の下の「心」という字が「こころ」という意味で、それがまさに人間の心の形を象っているのだと游娜が言っていた。人間の心の形。人間の心なんて見たことがない。しかし拓慈の背中を見ていた時にひりひりと痛んだのは、あれは間違いなく自分のこころなのだろう。自分のこころも、「心」という形をしているのだろうか。もしそうであれば、游娜も拓慈もこころは同じような形をしているに違いない。みんな同じ形の心をしているのに、なんで女と男なんかに分けなければならないのだろう。

宇実は「心」という字を何度も何度も書いた。忘れられないほどの回数を書いてから、次は「慈」を練習した。こちらはかなり手強いが、それでも何とか頭に、身体に叩き込んだ。やっと三人の名前が書けるようになった頃には、半月が過ぎていた。

＊

満月の夜、游娜に連れられて宇実は史纂神社を訪れた。月に一回の女語の講習会に参加するためである。

史纂神社に入るのは初めてだった。神社の中は床や壁、梁、屋根に至るまで全て木目の美しい赤木でできていて、微かな香りを漂わせている。座布団と一人用の小さな座卓が十数セット部屋の中で整然と並び、壁際や隅っこにはたくさんの燭台が置かれ、白い蠟燭が立ててある。奥の真ん中が祭壇で、ハイビャクシンを入れた白い陶器の瓶が何本か供えられていた。祭壇の後方にある木枠の窓の隙間から銀色の月明かりが降り注ぎ、その明かりで祭壇の両側に黒い文字が書かれていることが分かる。

日輝朗朗安宇宙
月影幽幽鎮乾坤

更に祭壇の真上の方、天井に近いところには額装の書が掲げられており、「天照月読」とあった。

ここは太陽の神様と月の神様を祀る御嶽だよ、と游娜が教えてくれた。それらの文字はやはり宇実にはほとんど読めないが、一つだけ、自分の名前の「宇」があることに気が付いて、何だか嬉しい気持ちになった。

「それは、どういうミーニング?」

と、宇実はそれらの文字を指差しながら游娜に訊いた。しかし游娜は宇実の質問が理解できないようで、微かに首を傾げる。仕方なく、宇実は何とかニホン語に言い換えてみた。

「それは、何の、意思（イス）アー？　ワーの、名字（ミンズ）、有する」

游娜はやっと理解したようで、女語で答えた。「太陽の光と月の光が、大空と大地に、平安を、もたらしますように、という意味」

太陽、大地、平安。〈女語〉は〈ひのもとことば〉に似てはいるが、耳慣れない言葉もたくさんある。自分は本当に女語を習得できるのか、宇実はまたしても不安になった。

床に敷かれている座布団に腰を下ろすと、他の受講者もぞろぞろと到着した。東集落は人が多いので講習会も二か所で行われ、ここ史纂神社では十三歳から十五歳までの女子が通うことになっている、いわば上級クラスらしい。見慣れない顔に気付くと、女子たちは興味深げな視線を投げかけてくる。游娜はと言えば満面の微笑みを浮かべてみんなと挨拶を交わしていた。

史纂神社の講習会を担当するノロはまだ若く、三十歳前後の女性だった。彼女もやはりノロ専用の苧麻（ちょま）製の白い着物を着ており、白い鉢巻きをし、首から勾玉を下げていた。神社に入ると彼女は歩いて部屋を一周しながら、蠟燭を灯していった。揺れる火影（ほかげ）が照らす中で、ノロは徐に祭壇前方の座布団に跪（ひざまず）き、祭壇に向かって合掌し、深々と二回お辞儀をした。ノロの動きに呼応するように、受講者も全員深くお辞儀をしたので、宇実も慌ててみんなに従った。二拝が終わると、ノロは祭壇の下にある戸棚の戸を開け、中から何か分厚い書物を捧げ持ちながら取り出した。

「それは〈女辞泉(じょじせん)〉と言うの。とても神聖な本。〈女語〉の言葉が全部書いてある」

と、游娜は囁き声で宇実に説明した。つまり〈女語〉のディクショナリーか、と宇実は心の中で納得した。

「あれは どこで もらえるの？」

と宇実は游娜に訊いた。ところが宇実の質問に游娜はびっくり仰天したように、目を瞠って暫く唖然とした。

「何を言っているの？ もらえないよ、当然よ」

と、游娜が言った。「とても神聖な本だから」

「シンセイってなに？」宇実は目をしばたきながら訊いた。

「神聖は、うん、アー……」

説明に苦慮している游娜の間の抜けた声を、ノロの声が遮った。

「静かに」

威厳に満ちたその声にありとあらゆる物音が吸い込まれたように、部屋は一瞬にして静まり返った。静寂の中、蠟燭の火が揺れる音すら聞こえてくるようだった。

「今日は初めての人もいるので、基本的なことから説明します」

ノロがそう言うと、どことなくみんなから視線を向けられたのを感じ、宇実は少し顔が熱くなった。

ノロは話を続けた。

「皆さんが習っている〈女語〉は、〈島〉の歴史を受け継ぎ、未来へ伝えていくための言語です。我々の先祖が〈島〉にやってきた時から、〈島〉の歴史はこの言語で伝えられてきました。そして皆さんも知っているように、〈島〉の歴史を担えるのは女だけだと定められています。男は歴史を知ることも、〈女語〉を習い、使うことも許されません。皆さんもここで習った〈女語〉を、男に教えることはおろか、男の前では決して使わないよう慎んでほしい。これに違反すれば、今後は〈女語〉の講習に参加することも、〈ノロ〉になることもできなくなります」

宇実は思わず游娜の方へ目を遣った。知らない言葉もいくつかあったが、ノロが言っていることの意味は概ね把握できた。この掟(おきて)を、游娜も知っているはずだ。にもかかわらず、拓慈の前では平気で女語を使っている。「私に女語ができること、大人たちに言うなよ」という、拓慈の脅しにも似た警告を宇実は思い出した。あれは拓慈自身や、拓慈に女語をこっそり教えた女友達を守るためなのだと、今更ながら合点が行った。

ノロの言葉が続いた。

「ここにある〈女辞泉〉は、〈女語〉の言葉を全部収めている神聖な書物です」

ノロは流し目で宇実の方を一瞥してから、話を続けた。「神聖、つまり尊い、冒(おか)しがたい、神々しいものです。皆さんがここで女語を習っている時に使ってもよいが、この書物、そしてここに記されている言葉たちへの尊敬の念を忘れてはなりません。大事に使うよう、心してください。言うまでもありませんが」

ノロは暫く間を入れ、厳しい眼差しで部屋の中にいる十数人の受講者を見回してから、言葉の続きを言った。

「この書物をこの御嶽から持ち出すことは、決して許されません」

それからノロは教材を配付した。配られた小冊子には、女語で書かれた文章が印刷されている。ノロの解説によれば、それは大昔の女が書いた、古くから伝わってきた物語を教材用にアレンジしたものらしい。宇実はぱらぱらとページをめくり、その中の一つの段落に目を留めた。


名前のない不安を身体の奥底に押し込め、私は実桜に向かって手を振ってみた。すると彼女は白い歯を見せて笑い、手を振り返しながら歩を速めた。その笑顔は五年の歳月が生み出したはずの距離をそっと包み込んで、それを見ただけで絡み合う不安が少し解けたような気がした。

「の」「な」「い」のような文字は宇実にも読めるが、ところどころ現れるあの黒々とした文字はやはりよく分からない。辛うじて自分の名前にもある「実」を見つけたが、それでも文章の意味が理解できない。宇実はこっそり肘で游娜を突っついた。

「これ、すべて よめるの?」

と宇実が訊いた。游娜は難しそうな表情をして首を横に振った。それらの黒々とした文字は游娜には書けるが、読み方を全部知っているわけではないらしい。

教材が行き渡ると、ノロはまず物語の冒頭から一文ずつゆっくり読み上げ、それをみんなで復唱した。一段落ずつ音読を終えてから、段落全体の意味と難しい単語の解説に入る。読み進めていくと、宇実にも物語の全体像が摑めてきた。それは故郷が異なる二人の女が久しぶりに再会し、一緒に食事しながら一日を過ごすという話だった。

文字で書くと読み方が分からないが、ノロの音読を聞くと不思議と宇実には意味がほとんど理解できた。宇実はノロの音読をしっかり聞いて、あの黒々とした文字の読み方を一つ一つメモしていった。そうすると、元々ほとんど読めなかった文章でもなんとか自力で読解できるようになった。メモが間に合わなかった文字や、「サイゲツ」「キョリ」といった意味が分からない言葉は、教材を一通り解説した後の自習時間に〈女辞泉〉で調べた。〈女辞泉〉によれば、「サイゲツ」は「としつき」という意味だった。「キョリ」の説明「二つの場所や物事の間の隔たり」は読めない文字が多いが、游娜に音読してもらうと理解できた。

「宇実、〈女辞泉〉、調べられるの？」

游娜は不思議そうな顔で訊いた。

「うん、しらべられるよ。どうして？」質問の意味が分からず、宇実は首を傾げた。

話を聞くと、〈女辞泉〉には全ての〈女語〉の言葉が収められているが、言葉の解説もまた女語で書かれているので、かなり上達した人でなければ使いこなせないらしい。実際、史纂神社で講習を受けている上級者でも、〈女辞泉〉を使いこなせる人はほんの数人程度だという。

「キャラクター……字が、よめないものが　おおいけど、よみかたが　わかれば　おおむね　わかるよ」

と宇実が言うと、游娜はやはり不思議そうな表情で宇実を見つめた。

「宇実は本当〈女語〉上手ね。やっぱり〈ニライカナイ〉、住んでいたんじゃない?」

と游娜が言った。「〈女語〉は〈ニライカナイ〉の言葉、と、聞いたことある」

突然の質問に、宇実はどう答えればいいか分からず、暫く黙り込んだ。ややあって、游娜に向き直り、なるべく慎重な口調で訊いた。

「游娜、あなたは まことに、〈ニライカナイ〉があると ビリーブしているの?」

「ビリーブ?」游娜は目をしばたきながら訊き返した。

「つまり、〈ニライカナイ〉があると、まことに、おもってるの?」

と宇実が言った。「わたしはむかし、うみの むこうに すんでいたとおもう。うみの むこうについて、ほとんど なにも おぼえていないけど、ひとつだけ いえるのは、そこは まちがいなく、あなたが かんがえているような、〈ニライカナイ〉みたいな、ラクエンじゃないってこと」

暫く間を置いてから、宇実が言葉を続けた。「なぜかは わからないけど、そうおもうの。だって、むかし すんでいたところを おもいだそうとすると、なんだか とても かなしい きもちになってしまう。ラクエンって、たのしいことはあっても、かなしいことなんて ないはずじゃない? だから、もし、うみの むこうが まことに〈ニライカナイ〉だとしたら、〈ニライカナイ〉はイン・ファクト、とても かなしいところだとおもう」

游娜は一頻り宇実を見つめた。そしてゆっくり手を伸ばしてきて、宇実の両手をぎゅっと握った。

「宇実は、悲しいことがたくさんあったんだね」

分からない、何も覚えていない、ただそんな気がしただけ。

そう答えようとしたが、游娜の顔を見ると口から出かけた言葉を再び飲み込んだ。満月に照らされた游娜の顔の輪郭は冷たく銀色に光っていた。潤いをたっぷり含んだ一対の瞳が長い睫毛の影に覆われ、蠟燭の灯りが揺らめくとともに微かに揺れているように見え、どことなく悲しげだった。部屋の中は蠟燭が灯っているとはいえ、深い秋の真夜中は薄ら寒く、宇実の手足はずっと冷えていた。しかし游娜の両手はついさっきまで陽射しに照らされていたかのように、とても暖かくて気持ち良かった。その手は宇実のより少し大きく、またところどころ小さなタコができていた。よく野外で仕事をする人の手だ。でもそれは拓慈の手みたいにごつごつしていなくて、握られているとぷよぷよと柔らかい。その柔らかそうな身体を抱き締めてみたい。ふと脳裏を過(よぎ)ったそんな考えを、宇実は慌てて打ち消した。

＊

游娜と晴嵐に血の繋がりがないことを知ったのは、宇実が〈島〉にだんだん融け込んでいった頃だった。

狭い〈島〉の人口はそんなに多くなく、そのため大抵の島民はお互い知り合いで、情報の流通も速い。宇実が〈島〉で生活することになったことも忽ち知れ渡ったようで、道を歩いている時もよく知らない島民がにこやかに挨拶してくれる。最初のうちは挨拶を返すべきかどうか迷っていたが、時間が経つと次第に人と人の間にあまり隔たりがない〈島〉のおおらかな気風に慣れていき、元気に挨拶を返すようになり、時にはニホン語の練習も兼ねて少し雑談をするようになった。おかげでみんなと顔馴染みになっていった。日用雑貨を売っている〈舜華（シュンカ）商店〉の店主のおじさんは舜華といって、マチリでも会ったことがある。農業を営んでいるのは哲江（テジャン）おじさんで、砂糖黍から砂糖を作る工場で働いているのは海慧（カイヘ）おばさんだ。子供は〈島〉の未来だからといって、みんな優しくしてくれて、買い物をする時もいつもおまけをつけてくれた。〈島〉では特殊な貝殻に特殊な加工を施して作った通貨が一応流通しているが、物々交換も盛んに行われている。

学校でも次第に游娜以外の友達ができた。話を聞くと、〈島〉の女子はみんな女語を習っているとはいえ、全員が游娜みたいにノロになりたいと思っているわけではない。ノロを志望し、実際ノロになれるのは毎年数人程度と言われている。それ以外の女子はそれぞれ別の職業に就く。晴嵐のような旗魚捕りになりたいという人もいれば、稲や砂糖黍を育てる農業に就きたいという人もいる。サイザル麻や苧麻を採って服や雑貨を作る仕事に憧れる人もいた。宇実はノロになる以外の選択肢はないが、学校では游娜と一緒に植物に関する知識を学んでいる。

その日も宿題のために、二人は〈島〉の東側の岩石海岸に来ていた。淡い青紫色の菊の花を探すためである。その植物は薬用価値が高く、葉、花、実を含め、ほとんどの部位がハーブとして使えて、止血消炎や解熱鎮痛など多くの効用を有しているが、とても珍しく、海岸近くの断崖の上にしか生えていないという。

季節が冬に入り、海岸では海風がより一層強く吹き荒れていて、游娜も宇実も髪の毛を結っているがそれでもぼさぼさに乱れた。しかし天気が良く、晴れ渡る空には雲一つなかった。崖の上から紺碧の海を眺めると、白い波が押し寄せては岩壁に打ち付けて砕け、波の音が心地良く鼓膜をくすぐる。空には腹部だけ白い、大きな黒い鳥がたくさん海の上方を旋回しながら飛んでいる。鳥は時おり急に方向転換をし、素早く滑空しながら海面へ垂直に飛び込み、そしてまた飛び上がって空に戻った。

「飯(ハン)食べてるオー」

と、游娜は鳥を指差しながら言った。よく見ると、確かに海面では時々、飛魚(とびうお)の姿が見え隠れする。しかし飛魚の姿はいつも白波に紛れてとても集中しなければ気が付かないし、たとえ見えたとしても一瞬で消えてしまう。

「とりには　さかなが　みえるの？」と宇実は訊いた。

「鳥は目非常に良いラー」と游娜が言った。「晴嵐も目は良い故、旗魚を捕るはガウォー」

「ガウォー？」

「上手、という意味」

宇実は暫く躊躇（ためら）った。前から気になっていたが、訊いてもいいかどうか分からず、適切なタイミングも摑めないのでずっと訊かずにいた。自分が踏み込むべきではない事情がないとも限らない。しかし二か月もの間ずっと游娜の家で世話になっているし、これからも暫くは生活を共にするだろうから、何か事情があるのならやはり知っておいた方がいいと思った。何より、宇実は游娜のことをもっと知りたいと願っている。ちょうど游娜のオヤ、晴嵐のことが話題に上ったので、いいタイミングかもしれない。宇実は勇気を振り絞り、游娜に訊いた。

「ずっと　まえから　ききたかったけど……游娜の　ちちおやは、どこにいるの？」

宇実としては、この話題に触れると游娜に嫌な思いをさせるかもしれないという覚悟を決めた上での質問だが、しかし質問を投げかけられた游娜は少しも頓着している様子がなく、ただ少し首を傾げただけだった。

「チチオヤは、なに?」と游娜は訊いた。本当に分からないような表情だった。

「え?」游娜の反応があまりにも意外で、宇実は少しまごついた。「晴嵐は、ははおやだよね? ははおや、と、ちちおや。アントニム」

游娜は暫く考え込む仕草をした。

「ハハオヤも懂(ドン)せず」

ややあって、游娜が言った。「晴嵐はハハオヤに非ず。晴嵐はオヤラー」

「え?」

話がなかなか通じず、宇実は少しきまり悪くなった。「おんなの おやは、ははおやでしょ? ははおやと ちちおや、そしてこども、それが ファミリーじゃない?」

「ふぁみりー?」游娜はまたもや首を傾げた。

「ファミリーってのは、おやと こども、それが ひとつのいえ」

話が堂々巡りになりつつあることに気付き、宇実はファミリーを〈島〉の〈ニホン語〉で何というのか考えた。しかしなかなか思いつかない。ひょっとしたら〈島〉にはそもそも「家族」という概念がないのかもしれない、そう思い付いたのは暫く経ってのことだった。

「ワー二歳の時、晴嵐はワーを収養(ショヤン)した故、晴嵐はオヤラー」と游娜が言った。

游娜がニホン語と女語を交えて説明したところによれば、游娜は晴嵐が産んだのではなく、二歳の時に晴嵐が引き取った子供らしい。〈島〉では血の繋がりへのこだわりが全くなく、生まれてきた子供は〈島〉の子供として全て学校の乳児部に預けられ、育児経験が豊富なノロが二歳まで育てることになっている。二歳になると〈島〉の成人から養育希望者を募る。男女問わず、希望した島民は子供を引き取って〈オヤ〉となり、生活を共にしながら子供を成人まで育てていく。だから母親や父親といった概念がなく、あるのは〈オヤ〉だけである。家族制度やその前提となる婚姻制度もない。島民たちは性別に関係なく自由に恋愛をし、女性は妊娠したら産むかどうかは自分で選べる。子供が生まれたら学校に預け、〈島〉全体で育てる。出産を望まないなら、ノロに相談すれば特製の薬草で堕ろしてくれる。子供が成人すれば家を与えられ、基本的に一人で暮らすことになるが、もちろん誰かと一緒に暮らすこともできて、その共同生活を解消して一人に戻ることもまた自由である。

話を聞けば聞くほど、従来の世界観が瓦解していく。〈島〉と自分が住んでいた場所とはあまりにも違う。記憶は依然として戻らないが、それでも昔の生活の根底にあったものが微かに残っていて、宇実の世界への認識を形作っている。そこには理想とされる人間関係があり、理想とされる生活様式があり、理想とされる家族のあり方や生き方があった。

しかしそれらの理想は、〈島〉では全く存在しないようだった。

「見つけしたロ！」

宇実の胸中とは関係なしに、游娜は突然そう叫んだ。そして宇実が反応する前に、游娜は崖の縁へ駆け寄った。宇実も急いで後をついていくと、確かに游娜が指差す先、断崖面に当たる急な岩の斜面には、蘇鉄や阿檀、そして蔓延る様々な羊歯植物や雑草に混じって、目当ての花が何本か生えていた。直径三センチくらいで、薄紫色の花弁に黄色の蕊が、二十センチほどの茎に支えられて風に揺れていた。

その可憐な姿に宇実は思わず見惚れたが、崖の上からはとてもその花に手が届かない。足元を見下ろすと、切り立つ絶壁はうんと高く、崖の下の波打ち際は硬い岩盤になっている。見下ろすだけで膝ががくがく震え出し、宇実は思わず二、三歩後ずさった。游娜はというと、持ってきたサイザル麻のロープを崖に生えている蘇鉄の幹に縛りつけ、早速テキパキと崖を下りていった。よくやっているのだろうか、見ながら宇実は不思議に思った。再び崖の上に登ってきた時に、游娜の手には既に数本の花が握られていた。明るい笑顔は陽射しに照らされて少し眩く見え、四布織の前身頃は土で汚れていた。そんな游娜を見ていると何だかこそばゆく感じ、宇実も思わず微笑みを浮かべた。

帰り道は牧場を通り過ぎる。見渡す限り緑の牧草地で、馬や牛の群れが放牧されて青空の下でのうのうと草を食んでいた。毛深く薄紫の穂を掌状に生やしている島髭芝（しまひげしば）が風に靡いている。道のあちこちに馬の糞が落ちていて、宇実は踏まないように用心しながら歩いた。あ、ちょっと待ってね、そう言って、游娜は崖で採った花を宇実に渡すと牧草地に入り、そこでしゃがんで何かを採取してきた。牡丹防風だった。庭でもよく植えるが断崖にも自生している薬草で、やはり身体に良いらしく、〈島〉ではよく肉や魚と和えて食べている。

　ふと牛の群れの中から拓慈の姿が見えてきて、宇実は一瞬どきりとした。さっきまで蒲葵の樹に遮られて見えなかったが、拓慈は屠畜の師匠と一緒にいて、牛の群れを眺めているようだ。気付かない振りをして早くここを去ろうかどうしようか迷っているうちに、拓慈の方からこちらに気付いたようで、ちらりと視線を寄越した。拓慈は一瞥するとすぐ気まずそうに目を逸らしたが、游娜が拓慈の名前を呼びながら手を振ったので、拓慈の師匠も二人に気付き、こちらの方へ歩いてきた。やはり無視できないのかと観念し、宇実も作り笑いをして二人に会釈した。

「游娜、宇実」

　拓慈の師匠は二人の名前を呼んだ。彼は拓慈より頭二つ分背が高い大男で、腕や足にはしっかり筋肉がついていて見るからに力が強そうだ。拓慈と宇実の気まずさには気付いていないふうで、笑顔も声も朗らかだった。「リーメンはここに在（ザイ）するアー？」

「ジエジュ」

游娜は崖で採った花を見せながら言った。この花は〈島〉の言葉ではジエジュというのだ。「こを採るために来（ライ）したダー」

「ジエジュ！」師匠は目を瞠った。「こは珍貴（ジンゲ）エー。游娜は一定（イデン）良い花採りなる」

「游娜は花採りなりしない。ノロなるラ」と、拓慈はぼそっと呟いた。

「そうか、游娜はノロなるを欲すアー」と師匠が言った。「だば加油（ジャヨウ）しないは駄目ロー」

話を聞くと、拓慈と師匠は牛を物色しに牧場に来ているのだという。食肉としての牛の良し悪しを見極めるのにも技術が必要で、拓慈はそれを習っているらしい。良い牛があれば畜産農家から買い取り、解体したあと食肉として商店に卸すのが二人の仕事である。

三人が話している間、拓慈と視線が合うのを避けるべく、宇実はずっと俯き気味でぼんやり草地を見つめていた。だからまた拓慈の手の甲についている、洗い落とし切れなかったような黒い斑点に気付いた。それは仕事でついた動物の血ではなく、明らかにインクの痕だった。ノロに憧れるあまり、ノロの印である刺青を拓慈がこっそり手の甲にインクで描いて遊んでいたのだろう、と宇実は推測した。

話が一段落すると、師匠は二人に別れを告げて牧場を離れようとした。が、拓慈は暫くもじもじしていてなかなかついていこうとしない。師匠に疑問の視線を投げかけられてやっと意を決したように、「ワー、自己で帰る」と言った。拓慈と二人を交互にじろじろ眺めてから、師匠は肩を竦（すく）め、黙ったまま離れた。そして道端に止まっているトラックに乗り込み、去っていった。

「どうしたロー？」

残された拓慈を見つめながら、游娜は心配そうに言った。「西（シ）集落は遠いに非ずマー？リーはいかに帰る？」

「没関係（メイガンシ）ラー、ワーは馬で帰る」

と拓慈が言った。そして宇実の方へ向き直り、暫く無言で宇実を見つめた。

宇実は拓慈の言葉を待った。

「この前は、ごめんなさい。よそ者とか言って」

と、拓慈は女語に切り替えて言った。「私もよく分かっている。自分の妬みがどれくらいみっともないのかって」

俯きながらきまり悪そうに謝罪している拓慈を見ていると、宇実は胸に何かが刺さるようにチクリと痛んだ。ややあって、宇実はゆっくりと何度か首を振った。

「拓慈の　いうとおり、わたしも　おのれが　ちょっと　ずるいと　おもった。拓慈が　こんなにがんばっているのに、わたしが ノロになれて 拓慈が なれないなんて、きっと おかしいよ」

　そう言って、宇実は拓慈の左手を摑んだ。突然のスキンシップに拓慈は反応に窮して少し狼狽したが、宇実は左手で拓慈の左手を握りながら、右手でその手の甲を優しく撫でた。游娜よりタコやマメがたくさんできている掌、骨ばった太い指、そして洗い落とし切れていないインクに汚れている手の甲、その全てが愛おしく感じられた。

「これは、拓慈が かいたの？」

　手の甲の斑点を示しながら、宇実が訊いた。「ノロの タトゥーでしょ？」

「私は気付かなかった！」游娜が目を見開きながら、驚きの声を漏らした。そして拓慈の手の甲を物珍しそうにじろじろ眺めた。

「こんなの、真似事だよ」じっと見つめられて照れ臭くなったのか、拓慈は手を引っ込めた。「こちらはいくら練習しても上手くならない」

「ノロの図騰(トテン)は、大ノロにしか描けないよ」と游娜が言った。

「そうなの？」宇実が訊いた。

「お前、女語がだいぶ上手になったな」

　と拓慈が游娜に言った。そして宇実に向かって頷いた。「うん、歴史を図案で抽象的に表現する要素が含まれているらしい、だから普通のノロでも描き方は知らないんだ」

宇実がよく分からないような顔をしたので、拓慈は溜息を吐いて言い換えた。「要は、歴史をこの絵、図騰(トテン)に描いているんだ。図騰(トテン)の意味は大ノロにしか分からないし、描けるのも大ノロだけだ」

「そんなえを、拓慈は こっそり かきかたを ならおうとしているの？」

宇実が訊くと、拓慈はまたもやきまり悪そうに目を逸らした。「悪いかよ」

「なんで そんなに、歴史が しりたいの？」

と、宇実はずっと前から抱いていた疑問を口にしてみた。そう訊かれると、拓慈は一度俯いて黙り込み、暫く経ってからまた海の方へ振り返り、果ての見えない大海原を指差して言った。

「私は生まれてから、ずっとこの海を見ながら生きてきた。〈島〉を出たことがないんだ」

少し間を置いてから、拓慈は続けた。「でもある日突然、海の向こうがどんな感じなのか、気になったんだ。海の向こうが〈ニライカナイ〉だって、みんなが言った。〈ニライカナイ〉が〈島〉の本当の故郷だって、みんなが言った。みんなの言うことを疑っているわけじゃないけど、何もかもそのまま信じるわけにもいかないって、そんな気がした。だって、見たこともないんだよ。信じろという方が無理じゃない？　この海の向こうが、神々の住んでいる楽園だってさ。それがもし本当だったら、みんなで一緒に海を渡ればいいんじゃないか」

　そこまで言って、拓慈は宇実と游娜に向き直り、二人をまっすぐ見つめた。「私は知りたいと思った。自分が何故〈島〉に生まれたのか、〈島〉の人々がどこから来たのか、海の向こうには一体何があるのか、自分の目で確かめたくなった。でも、歴史を知ることができるのも、海の向こうへ渡ることができるのも、ノロだけなんだ。だから願いを叶えるためにはノロになるしかないなって」

　言い終わると拓慈がまたもや黙り込んだ。三人の間に沈黙が下り、波の音が崖の下から伝わってきた。風が吹き抜け、三人の髪を弄んだ。

「拓慈はとても本気なんだね」

　ややあって、游娜は感心したように、拓慈の顔を見つめながら言った。「だったら、大ノロにお願いしてみようよ」

「わたしも　そうおもう」と宇実が言った。「みたり（三人）で　おねがいしてみれば、大ノロが　ききいれてくれる　かもしれない」

　二人の顔を交互に見ながら、拓慈は長い溜息を吐いた。

「あのな、この話はもうしないでもらいたいんだ」

少しいらついたように、拓慈は歩いてその辺を行ったり来たりした。「お前らも分かってるでしょ？　男に女語を教えるとノロになる資格を剝奪されるって。お前らが私と一緒に大ノロのところに行ったらさ、なんで私に女語ができるかって訊かれたら、どう答えるつもり？　私に女語を教えてくれた人や、私に女語ができるって知ってるのに黙っててくれた人は、みんなノロになれなくなるかもしれない。游娜、お前だって、最初の頃は結構教えてくれただろう？　ノロになれなくてもいいの？」

拓慈の問いかけに、游娜は言葉を失って黙り込んだ。拓慈は立ち止まり、今度は宇実の目を見据えながら言った。「お前もさ、ノロになれないだけじゃなくて、〈島〉から追い出されるかもしれないよ。人に同情する前にまず頭を使って、自分のことを考えてみなよ」

拓慈の言う通りだと、宇実は自分を恥ずかしく思った。游娜はいつものことだが、自分まで感情が先走って、後先考えず適当なことを言ってしまった。拓慈は誰よりもこのことを真剣に考え、悩んでいるのに、自分はたいして深く考えもせず適当なことを口走ったのだ。宇実は胸を締め付けられるように息苦しかった。普段はお転婆過ぎるほど無邪気な游娜も、今はひたすら黙ったまま、肩を落としながら地面を見つめていた。二人の反応を見て、拓慈はまたしても長い溜息を吐いて、地べたに座り込み、海の方を眺めた。馬や牛の群れは依然として悠々自適に移動しながら草を食んでいて、海からは絶えず冷たい風が吹きつけ、肌寒い亜熱帯の冬を感じさせた。

　どれくらい経ったのか、太陽が沈みかけて西の空が茜色に染まり、北風も更に勢いを増した。東の空に目を向けると、夕闇が既に下りようとしていた。これ以上三人揃って項垂れていても仕方ないと思ったのか、拓慈が何かを言おうとして口を開きかけた。が、それより先に游娜が藪から棒に宣言した。

「私はノロになる。そして〈島〉の歴史を継承する」

　游娜の決意に満ちた顔を、拓慈は愕然としながら暫く眺めた。そしてふっと軽く笑いを零した。

「何当たり前のことを言ってるんだ。そうしたければ、すればいいさ。お前にはできる」

「ノロになって、〈島〉の規則を変えるの。男でもノロになれるような規則にする。そして受け継いだ歴史を、拓慈にも教えるね」

　不意打ちを食らったように、拓慈は口をぽかんと開けたまま、大きな両目をぱちぱちさせながら游娜をじっと見つめた。

「たしかに、そうすればいいんだ」

　宇実も游娜の宣言に賛同した。「だって、おかしいのは　ルールなんだから、それを　かえていこう。ノロになって、ルールを　かえよう」

「ノロになれば、流石にもう〈島〉から追い出されないと思う」と游娜が言った。

「〈島〉の歴史だって、うけついだら こっそり 拓慈に おしえればいい。〈女語〉みたいに、きをつければ だれにも ばれないんじゃない？」

なんでそんなことを、とでも言いたげに拓慈は二人の顔に視線を彷徨わせた。風に運ばれるように規則的な波の音が聞こえてくる。赤い夕陽は緑の草原の上で三人の影を長く長く伸ばした。拓慈は二人から顔を背け、表情が影に隠れた。

「そうしてもらえると、とてもありがたい」

拓慈はぼそっと呟いた。暫く間を置いてから、言い直した。「いや、宜しく頼みます」

ほっとしたように、宇実は游娜と顔を見合わせ、笑顔を浮かべ合った。地べたに座り込んだ拓慈を引っ張って立ち上がらせ、共通の秘密を胸に秘めた三人は長い影を引き摺りながら帰途に就いた。

暗くなる前の海面を、宇実はもう一度振り返った。広がっている海の遥か向こうには、自分がかつて住んでいた場所があるかもしれないし、〈島〉の伝説のように〈ニライカナイ〉があるかもしれない。確かな記憶はまだ何一つ戻らない。しかし、〈島〉で大切なことができた今、それで構わないような気がした。

3

本格的な冬に入ると、〈島〉は雨の日が多くなった。

雨になると伐採などの林業は休まざるを得ず、旗魚や鰹などの漁業はそもそも海が荒れるので冬は沖に出ることが叶わない。稲作などの農業ももちろん休業である。そのため、冬の間中〈島〉はどこか閑散としていた。雨の日に出かける必要があれば、〈島〉の人は桐油を塗った紙で作った傘を差したり、蒲葵の葉でできた蓑笠を身につけたりしている。

蓑笠はちくちくするし足も濡れやすいから最初の頃宇実は嫌がったが、そのうち次第に慣れていった。傘を差すと馬にも乗れず何かと不便だが、蓑笠を着れば両手が空いて楽なのだ。

蓑笠だけではない。日々の学校通い、月に一回の満月の夜の講習会、様々な植物と付き合う日常。数か月経つうちに、宇実は〈島〉での生活にすっかり適応した。基本的な植物の見分け方も身についたし、よく使う薬草の種類や効能も覚えた。どこにどんな植物が生えているかも把握し、游娜がついていなくても自力で薬草を採りに行けるようになった。

拓慈と游娜の指導のもと、〈ニホン語〉と〈女語〉もぐんぐん上達した。

「つまり、宇実が話している〈ひのもとことば〉って、〈女語〉とすごく似ているんだ」と拓慈が説明した。「ただ、違いもある。〈女語〉にはあるが〈ひのもとことば〉にはない言葉、逆に〈ひのもとことば〉にはあるけど〈女語〉にはない言葉。そういう言葉に気をつければ、ノロになれるくらいの女語力はすぐに身につくさ」言いながら、拓慈はちらりと游娜の方へ目を遣った。「まあ、今のままでも游娜よりずっと上手いけどね」

游娜は頬を膨らませながら、拓慈の背中をぶっ叩いた。「拓慈の意地悪！」

じゃれ合う二人を微笑ましく眺めながら、宇実は心の中で考えた。「イジワル」の「ワル」は分かるが、「イジ」はどういう意味だろう。「易しい」という意味の「イージー」や「年寄りの男」という意味の「爺」とは違うだろうか。次の講習会の日に〈女辞泉〉で調べると、「意地」は「心根」とあった。なるほど心にも植物みたいな根があるのか、とすると「イジワル」とはつまり心の根が悪いということで、心の根が悪いとわざと人を困らせるようなことを言ったりやったりするのだなと、宇実は妙に納得した。

〈ニホン語〉も〈島〉では毎日耳にするし、拓慈と游娜もよく練習相手をしてくれるから、そのうち規則性を摑んでだんだん話せるようになった。

一番難しいのはあの黒々とした四角い文字で、こればかりは何度も書いて覚えるしかないと拓慈が言った。この文字を最初に作り出した人はきっと心の根が腐るほど悪いのだろうと宇実は最初のころ歯ぎしりするほど憎らしく思ったが、練習しているうちにだんだん楽しくなった。口に米を入れた後に使うのが歯、草から化けるのが花、田んぼから生える草は苗、愛にも慈しみにも心がいる、宇実は字を学ぶのに一生懸命だ。

〈ニライカナイ〉からの使者がやってきたのは、霧雨が降る夜だった。

その日は昼間から雨が降っていて、空は厚い鉛色の雲が濛々と立ち込めていた。学校が終わったあと宇実は海岸へ薬草を採りに行ったが、周りは霧に包まれて崖の上からでも海がなかなか見通せない。夕陽も暗雲に遮られ、空の色は赤や橙を経由せず灰色から次第に濃度を増していき、そのまま黒へと突き進んだ。夜、夕食を済ませて文字の練習をしていると、ふと銅鑼（どら）の音が何度も打ち鳴らされ、集落に響き渡った。

「ミロ神（しん）は到（ダウ）したロ！　ミロ神は到したロ！」

と、男の叫び声が四方八方から伝わってきた。商店を経営している舜華（シュンカ）や、農業を営んでいる哲江（テジャン）の声も入っている。二人とも〈島〉で何か祭事がある時にいつもスタッフをやっていて、声が大きいからこうやって情報伝達の仕事を担っているのだ。

「ミロ神！」

游娜は薬草を磨り潰す作業をしているところだったが、その声を聞くと歓声を上げ、すり鉢を床に置くなり飛び上がった。

「ミロ神は何ヤー？」

と宇実が訊くと、

「ミロ神はニライカナイより来（ライ）する神ヤー」

と、晴嵐（セラ）が教えてくれた。「ターメンは非常に多い珍貴（ジンゲ）の宝物（バウウ）を〈島〉に給う」

三人が蓑笠をつけて家を出た時、外は既に人出で賑わっていた。黄（き）朽葉（くちば）色の暗い街灯が霧雨に滲み、その明かりに照らされながら住民たちは車や馬に乗ってぞろぞろと同じ方向へ向かっている。訊けば、〈島〉の南西にある〈グソー港〉へ集まろうとしているという。ミロ神はそこから〈島〉に上陸するのだ。

晴嵐も車を出して、游娜と宇実を乗せていった。〈島〉は街灯がまばらで夜はとても暗く、島民が普段夜に出歩くことはほとんどないが、この日は道路が車や馬でいっぱいだった。〈グソー港〉は西（シ）集落の近くにあるが、東（ひがし）集落から西集落への道があまりにも混んでいるので、晴嵐は途中で南へ曲がり、少し遠回りをして南（ナン）集落を経由することにした。こちらは道が比較的空いていて、暫くすると三人はグソー港に着いた。

港には既に人がたくさん集まり、迸る興奮の騒めきで沸き立っていた。その多くは近場に住んでいる西集落や南集落の住民だが、東集落の住民も続々と到着している。島民たちは海岸に群れ、首を長くして海の方を眺めている。海上は特に霧が深くてほとんど光を通さず、海を見渡そうとしても何も見えない。北も南も小高い丘で、西集落とグソー港がその二つの丘に挟まれている山間の平地にある。港に立っていると、とりわけ南の丘の岬の先端に鎮座している灯台が目立って見える。灯台からは強い光の柱が海上に向かって放たれているが、それもやはり深い霧に吸い込まれるようにして視線の向こうで消えていく。

雨宿りしようと海岸近くにある赤煉瓦屋根の東屋に入ると、拓慈もそこにいて、三人を認めると手を振って挨拶した。「リーメン来したラー?」

「神は真にニライカナイより来するマー?」

と宇実は疑問を口にした。「真に神来したば、ニライカナイは真に有するに非ずマー?」

「ニホン語、ガウなりしたネ!」

と拓慈が笑って言った。「来するは神に非ず、神に仮扮したノロラー。見したば懂するロー」

話している間にも島民は続々と港に集まってきて、あっという間に海辺は黒山の人集りになった。みんなまだかまだかと熱の籠もった視線を海の方へ投げかけている。演奏係なのか、銅鑼や鼓、チャルメラなどの楽器を手に持っている人もいた。拓慈と游娜もまた神の到来を待ち焦がれているようで、霧を見通すくらいの眼力がないのが残念で仕方ないというふうに、しきりに目をしばたきながら海面を凝視していた。

どれくらい経ったのか、ふと超大型の喇叭を吹き鳴らしたような轟音が海上から伝わってきて、その音の大きさで宇実は思わず耳を塞いだ。音は長く鳴り響き、南と北の丘の間を暫く木霊した。その音は何かの合図なのか、それを聞くと島民たちは一層盛り上がり、空を揺るがすほどの歓声があちこちから沸き上がった。

「来ロ！　来ロ！」

と、普段はクールな拓慈も興奮を抑えきれない様子で、海を指差しながら叫んだ。背が低い游娜は他の島民に視線を遮られているようで、海を見ようと何度も飛び跳ねる。

宇実も拓慈の指差す先に視線を向けたが、やはり何も見えなかった。と、そう思った矢先に、深い霧の奥から浮かび上がるように、何か巨大な影がぬっと現れ、ゆっくり〈島〉へ近づいてきた。その影が巨大な船であることを悟るのに、暫く時間を要した。

それは宇実が見たどんなものよりも巨大な船だった。〈島〉の住民を全員乗せても十分余裕のある体積を持つその船は、晴嵐が旗魚を捕る時に乗るような小さな船など全然比べ物にならず、宇実はぼんやり見入ってしまった。ニライカナイの神々は生きるために必要な様々な宝物をくれるというのが〈島〉の伝説だが、その巨大な船には宝物が積まれているのだろうか、と宇実は思った。

船が接岸すると、人々は急に静かになり、息を呑みながら船を眺めた。何人かの島民がどこからか下船用の渡り橋を運んできて、それを船の左舷に取り付けた。

ややあって、船内からふっと人影が現れ、何かを高々と掲げた。それを見た途端、島民たちはまたわっと歓声を上げ、同時に盛大な演奏が始まった。打楽器に混ざってチャルメラがよく通る甲高い音色で神歌を奏で始め、その旋律の中で人影が渡り橋に足をかけ、ゆっくり船を降りてきた。その時やっと、宇実はその人の姿をはっきり目に捉えることができた。

その人は朱色の着物を身に纏い、顔には真っ白なお面を被っている。そのお面はとても特徴的で、肉付きがよくて福々しく見え、黒い眉毛が太く、耳が長くて顎まで垂れ、真っ赤な唇で縁取られる口は少し不気味な微笑みを浮かべている。先刻掲げられていたのは瓢箪の形をした大きな団扇で、もう片手には長い杖が握られていた。

「そはミロ神オー。手の中握(あく)してるは、ユエリサン」

と游娜が解説してくれた。そして宇実の耳元で囁き声で付け加えた。「お月様とお日様が描かれている団扇だから、月日扇(ユエリサン)」

どうやらその人がミロ神らしい。宇実はもう一度目を凝らして見てみた。ゆったりした着物を着ているので身体の輪郭ははっきり分からないが、それでも辛うじて女性だと分かった。〈島〉のノロがミロ神に仮装して、ニライカナイからの来訪神を演じる神事なのだと、宇実はやっと理解した。

船内から続々と人影が現れ、一列に並んで下船してきた。みんな朱か橙など暖色系の着物を着ていて、一様に顔に白いお面を被り、手に杖と月日扇を持っている。大きな幟が立てられ、表には「五穀豊穣」で裏には「天下泰平」とある。島民たちは両側に分かれて通路を作り、十人前後のノロが演じるミロ神の行列は杖を突いてゆっくり歩を進めながら、取り巻く島民に向かって優雅な動きで月日扇を扇ぐ。それは島民の幸せを祈る仕草らしい。その間も島民たちは大きな歓声を上げて騒ぎ立て、銅鑼は打ち鳴らされ、チャルメラは神歌を演奏し続けた。

ミロ神の行列はそのまま練り歩きながら西集落へ向かい、島民たちもその後に続いた。晴嵐と拓慈、游娜、宇実もついていった。宇実は周りをぐるり見回した。灯台の光は消え、〈島〉は依然として濃い霧に覆われ、小糠雨が降っているが、島民たちは誰もが心から嬉しそうに笑っていた。それを見ていると、一体どんな宝物がもたらされたのかと宇実は首を傾げた。

西集落に差し掛かった時、白装束のノロの行列が集落の入り口付近で待機しているのが見えた。先頭の人は背が曲がっていて、遠目からでも大ノロだと分かる。大ノロを認めると宇実は何故か緊張が走り、向こうから見えないように游娜の背中に隠れようとする。が、大ノロもこちらに気付いたようで、濁っていない方の目が鋭く厳しい視線を投げかけてくる。周りが深い霧に覆われているにもかかわらず、その峻厳な視線だけが霧の向こうから突き刺さってくる。たった一目見つめられただけで、全ての喧騒が一斉に遠退いたように感じられ、宇実は全身が強張り、何も疚(やま)しいことをしていないのに思わず目を背けてしまった。

再びノロの行列に目を向けた時、大ノロはもうこちらを見ていない。空を揺るがすどんちゃん騒ぎの中で、ミロ神の行列はノロの行列と合流し、暫く集落を回って練り歩いた。最後に西集落にある御嶽(うたき)〈天后宮(テンホウゴン)〉に辿り着いた。ミロ神とノロたちの行列が御嶽の中へ入っていくのを島民たちは朱塗りの門の外で見守り、ノロたちの背中が見えなくなってからやっと解散し、各自帰途に就いた。

〈ニライカナイ〉からの恩恵は、宇実の想像を遥かに超えていた。

〈ニライカナイ〉の実在を疑っていた宇実は、神々がもたらしてくれる宝物なんて所詮象徴的なものに過ぎないだろうと思っていた。しかしそれは違った。〈ニライカナイ〉から運ばれてきたのは、宇実の想像より遥かに実際的なものだった。夥(おびただ)しい量の米、小麦粉、大豆、果物、調味料などの他、Tシャツやジーパン、ワンピースなどの洋服、シルクの生地、髪の毛や身体を洗う時に使う粘性の高い白い液体、太陽の光を電力に変える魔法の板、セメントや金属などの建材、車を走らせたり工場の機械を動かしたりするために必要な電池や油。車や機械そのものも何台かあった。道理で島民たちがあんなに喜ぶわけだと、宇実はやっと納得した。

それらの宝物は各集落のノロに管理を任され、ノロたちが住民の実際の需要に応じて分配した。食料は均等に各人に配り、車は持っていない成人に配し、生活用品は商店に買い取ってもらうか物で交換してもらい、建材などは建設を生業とする人たちに与えた。誰が何をどれくらい、どのような方式で入手したかは全て台帳に記載し、知ろうと思えば誰でも調べられるようになっている。しかし誰もノロの采配に不満を覚えたりしない。ノロたちの公正さにみんなが信頼を寄せているからだけでなく、元々〈ニライカナイ〉からの恩恵なんだからありがたく頂きはしても決して愚痴をこぼしたりしてはならないとみんな思っているらしい。

「本当にすごいね、〈ニライカナイ〉の……オンケイ」

と、宇実は感嘆を漏らした。

珍しく雨が降っていない曇りの日、学校が終わったあと宇実は拓慈と游娜と一緒に西の断層の近くまで来ていた。他の島民は普段あまりここには来ないので、ここで〈女語〉を話しても大人たちにはばれない。三人は芝生で横になり、練習も兼ねて〈女語〉で漫然と雑談している。

「生きるために必要なものは、全部〈島〉で作れるわけじゃないからね」

と拓慈が言った。「〈島〉では作れないものや、足りないものは、〈ニライカナイ〉の神々に頼っている。昔からそうさ」

宇実は暫く拓慈の顔を見つめた。

「拓慈は、〈ニライカナイ〉をビリ……信じてるの?」

と宇実が訊いた。「私は〈ニライカナイ〉から来たんだって游娜が言った時、拓慈は全く信じなかったよね」

言いながら、北月浜(ベユエはま)で游娜に発見された時のことを宇実は思い出した。ニライカナイからやってきたと思われただけでなく、真っ白な服を着ていたからノロだと勘違いされたのも、今や微笑ましい思い出になっている。

「〈ニライカナイ〉そのものを信じていないわけじゃない」

と拓慈が答えた。「〈ニライカナイ〉から人がやってくるなんて聞いたこともないから、信じないのが普通だろう。そんなの信じるのは游娜ぐらいじゃないかな?」

「だって」

いつも拓慈にからかわれる游娜はまたもや頬を膨らませながら言った。「宇実は綺麗だったから」

臆面もなくそう言われると、逆に宇実の方が顔が火照り、慌てて視線を逸らした。拓慈は楽しそうに笑った。「なんだそれ、めちゃくちゃ」

「じゃ、拓慈は〈ニライカナイ〉を信じるの？　信じないの？」

と、游娜は不服そうに訊き返した。

「ここは『信じてるの？　信じてないの？』と訊いた方が自然だよ」

と拓慈が訂正を入れた。「でもまあ……信じてると思いたいけど、信じきれないってところがあるかな」

「キレナイって何？」と游娜が訊いた。

「つまり、完全に信じてるわけじゃないってこと」と拓慈が言った。「宝物を頂くのはもちろんありがたいから、私だって信じたいけど……だからこそ自分の目で見てみたいと思うんだ」

「ノロたちが、〈ニライカナイ〉に渡って宝物を運んできたんでしょ？」

と宇実はふと思いついた。「実際に〈ニライカナイ〉に行ったことがあるノロに訊けばいいんじゃない？〈ニライカナイ〉がどんなところか」

「教えてくれないよ」と拓慈がすぐきっぱりと言った。

「游娜が頼んでも教えてくれないの？　大ノロと仲が良いんでしょ？」と宇実が訊いた。

「それは駄目だよ。言ってはいけない規則だから、ノロたちがコマ、ル、マ、ウ、」と游娜が言った。

「困ってしまう」と拓慈が訂正した。

「ノロたちが困ってしまう」と游娜が復唱した。

「そっか」と宇実が言った。もし自分が海の向こうの様子を覚えていたら、なんてことは考えないようにした。「じゃ、実際にノロになって、行ってみるしかないね」

「ひょっとしたら人を食う化け物なんかが住んでたりして」と拓慈が言った。「ノロたちが化け物を退治して宝物を手に入れてきたのかもしれないね」

「そんな可能、どこに有するラ！」と游娜が抗議した。

「こら、〈ニホン語〉に戻ってるよ。〈女語〉で言い直してみな」と拓慈が促した。

「そんな可能性、あるわけないでしょ？」と游娜が言った。

「やるじゃん」と拓慈が言った。「じゃお前が行ってみることだな。行ってみてから私に教えてね。そのためにも〈女語〉頑張って」

「分かってるよ」と游娜が唇を尖らせながら言った。「頑張ってるから」

「じゃ、早速前回の女語の教材を暗誦してみてもらおうか」と拓慈が楽しそうにげらげら笑いながら言った。

「えー？　今？」と游娜が抗議した。

「うん、今だよ」拓慈が微笑みながら言った。「できないの？」

「私、できるよ」

拓慈につられたのか何だか楽しくなって、宇実も笑いながらそう言った。女語の講習会で配られた教材は一か月の間に毎日繰り返し読んでいるので、とっくに頭に入っている。宇実は暗誦し始めた。「『今でも目を閉じると、男の肖像画が脳裏に浮かぶ……』」

「私もできる！　私にやらせて！」

と游娜が言って、その後を続けた。「『肖像画の両側にあるドアは塞がれ……』」

時おり拓慈に間違いを指摘されながら教材の文章を諳（そら）んじる游娜の横顔を、宇実は微笑みを浮かべながら静かに見つめた。冬に入ってから晴れの日がめっきり少なくなったせいか、游娜の肌は出会った時より少し白くなっているが、それでも夏の陽射しの名残りが残っていて、近くにいるとどこか夏日の温もりと香りが感じられた。

＊

月が満ちては欠けを二回繰り返すと冬は遠退き、春の温もりが訪れた。

〈島〉には暦というものはないが、雨の日が少なくなり、気温がある程度まで上昇すると、季節の流転が自ずと体感的に分かる。冬の間に姿を潜めていた多くの花が蕾をつけ始める頃、休業していた漁師や農家も作業を再開した。水田では牛が、畑では馬が鋤を牽いて耕した。田植えはかなり人手が必要なので、同じ集落に住む高等部の子供たちや手が空いている大人たちも手伝った。〈島〉では米は二期作で、春先に植えた苗は夏の中頃には収穫できる。

晴嵐と游娜は忙しくて行けないが、宇実も田植えに参加した。哲江おじさんなど大人たちに教わりながら、両足を田んぼの泥に突っ込み、腰を曲げ、苗代を一株一株地中に植えつけていった。終わった後は全身がギシギシ痛み、手足が震え、爪にも土がたくさん入り込んでなかなか洗い落とせなかったが、濡れたような新緑に覆い尽くされる田んぼを見渡すととても達成感を覚えた。終わった日の夜、学校にある集会場の屋敷にみんなで集まり、宴会を開いて朝まで騒いだ。

彼岸花は冬の間中もずっと咲いていたが、やはり春の方が調子がいいみたいで、游娜は連日〈北月浜〉へ出かけては彼岸花を採り、ノロたちに届けて生活用品と交換してくる。彼岸花は薬用価値が高いが麻酔効果も強く、おまけに扱い方を間違えれば猛毒にもなりうるので、ノロたちが集中的に管理しているという。

冬の間に到着した巨大な船は、春の中頃にまた十人程度のノロを乗せてニライカナイへ出航した。その時もノロたちの海上安全を祈願する祭りが行われ、島民は西集落の天后宮に集まり、御嶽の中、そして西の海面に向かってそれぞれ拝み、祈りを捧げた。そのとき掲げられた幟に書いてある文字は、宇実にも読めた。「海上安全」「風平浪静」「無病息災」だった。

いつも拓慈や游娜と練習していた甲斐があって、宇実は〈島〉でよく使われる文字が概ね読み書きでき、〈ニホン語〉と〈女語〉でも意思疎通がスムーズになった。女語の講習会に参加し始めて半年経った頃には、ノロの解説がなくても教材の文章が読解できるようになっていた。

「ほらね、私が言った通りだろう」

と拓慈が得意げに言った。「お前は元々〈ひのもとことば〉とやらができていたから、〈女語〉の習得が簡単だったんだ」

「拓慈が教えてくれたおかげだよ」

と、宇実が礼を言うと、拓慈は決まり悪そうに髪の毛を掻き毟った。

春と夏の境目に、年に一度の洗骨儀式が執り行われた。〈島〉では古くから風葬が行われ、人が死ぬと、ノロと周りの住民が協力して遺体を集落の近くの海岸の崖下へ運び、そこに放置して風化させる。三年後に白骨化した骨を海水で洗い清めるのが洗骨儀式である。洗骨とそれに伴う祭事は主としてノロたちが行うため、島民は必ずしも参列しなくてもいいが、洗骨対象となる死者と生前に親交があった人は儀式に出席し、故人を見送ることができる。〈島〉ではほとんどの人が知り合いなので、結果的に大多数の島民が参列することになっている。晴嵐も同業者の親友が三年前に海で亡くなった。ノロ志望の游娜は儀式を見学したいと言うので、宇実もついていった。

儀式は朝から始まり、洗骨自体は各集落で行うことになっている。遺体を置いて風化させる場所は岩陰になっており、その入り口には真っ赤な彼岸花の群れが咲き乱れていた。故人が無事〈ニライカナイ〉へ渡れるようにと、白装束のノロたちが入り口の外から白骨へ祈りの言葉を捧げた。そして岩陰に入り、散乱した骨を集めて骨壺に入れて海辺へ運び、そこで洗い清める。

東集落の場合、洗骨は〈北月浜〉の更に北側にある〈北月港〉で行われた。その日は天気がよく、空も海も碧く澄み渡っていた。ノロたちが桶で海水を汲み取り、骨を一体一体丁寧に洗っていく。参列する島民はノロたちを取り囲んで、静かにそれを見守る。潮騒が囁くように聞こえ、合間に鳥の鳴き声が入り混じる。

　無心に骨を洗っているノロたちを見つめながら、宇実は心の中で細波が揺れているのを感じた。亡くなった島民の骨を自らの手で洗い、それを海の向こうの楽園へ送り出す。それもまた〈島〉の指導者にして歴史の担い手であるノロの仕事なのだ。遺体の群れから拾ってきたばかりの骨はまだ異臭を漂わせ、小さな蛆虫がたくさん蠢いていたということは、近くで眺めていただけの宇実にも分かった。宇実はこっそり周りの島民の顔を覗いてみた。みんな一様に厳めしい表情を浮かべながら、ノロたちの動きを見つめていた。合掌する人はいるが、泣いている人は一人もいなかった。島民の生から死まで全て手ずから世話をする、それが〈島〉に住む人々を守ろうとするノロたちの覚悟なのかもしれない、と宇実は思った。それと同時に、本当に自分にはそれができるのかとまたもや不安になった。

　洗骨が終わった骨はまた骨壺に入れられ、蓋をされる。それからノロたちは暫く待った。正午になると、西集落と南集落からも洗骨済みの骨が入った壺が北月港へ運ばれてきた。それからノロたちは小さな船を何艘か出して海に浮かべ、骨壺を載せた。大ノロが他のノロたちを率いて、それらの船、そして大海に向かって、地に跪いて合掌をし、最後の祈りを捧げた。この儀式には、演奏も踊りも掛け声もない、全てが静寂の中で行われた。波の音、風の音、鳥の鳴き声、そしてノロたちが囁くように祈禱する声だけが故人への鎮魂歌として贈られる。最後の祈りが終わると、ノロたちは船に乗り込んだ。〈島〉では夏が近くなると風向きが北から南に変わるので、その追い風に吹かれながらノロたちは船を漕ぎ、北の海へ出かけていった。死者たちが〈ニライカナイ〉に辿り着けるように、骨は海で散骨されるのだ。

ノロたちが海に出た後、島民たちは沈黙の中で解散した。その日、宇実は胸の辺りに何か硬い塊がずっとつっかえているように気が塞ぎ、一日中布団で寝込んだ。

洗骨儀式が終わると本格的に夏になる。自分の行方を決める〈成人の儀〉はもう目の前まで来ているのだ。

*

夏に入って間もなく、〈島〉は台風に襲われた。

その日は午後から風が強くなり、嵐の到来を予感させた。海岸では、荒れ狂う大波が岩壁を崩さんばかりの勢いで打ち付けては爆音とともに砕け散る。夜は満月が出るはずだったが、低く垂れ込める暗雲のせいで空には何も見えなかった。〈島〉は毎年、夏に一回から数回、台風に見舞われるらしい。家が低いのは風の影響を受けにくくするためであり、庭を囲むように建てられる石塀もまた風除けを目的としている。集落の周りには防風林が植えられており、更には〈島〉全体を覆う蒲葵やガジュマルの森も島民を風から守る役割を果たしている。

島民たちは昼間のうちに漁船を陸揚げしておき、飛ばされやすいものも屋内にしまっておいた。ガラスにはガムテープを貼りつけ、木造の壁や扉には板を打ち付けて補強した。それでも、暗い夜に襲ってくる嵐の威力はすさまじいものがあった。游娜の家は一夜を通して絶えずきしきしと不穏な音を響かせ、瓦葺きの屋根が今にも吹き飛ばされそうでがたがた震えていた。女語の講習会はもちろん中止になった。ノロたちはニライカナイから頂いてきたらしい、頭を守るための硬い帽子を被り、完全防水の雨合羽を着て、嵐の中で集落を巡回していた。

布団の中で横になり、壁や屋根が立てる物騒な音を聞きながら、宇実はひっそり考え事をしていた。自分が〈島〉に流れ着く前も、こんな大きな嵐に遭っていたのだろうか。為す術もなく嵐に翻弄されながら荒波に船を壊され、運よく〈島〉に漂着したのだろうか。だとしたら、自分はよっぽど運がよかった。本当はあの時に死んでいてもおかしくなかった、いや、死んで当然だったのだ。考えながら、宇実はまたもや不安になった。もしノロになれず、〈島〉から追い出されたら、自分は一体どこに行けばいいのだろうか。行く当てもないまま、やはり海に身を葬ることになるのだろうか。そうすれば、〈島〉で過ごしている今のこの時間は、一体どんな意味を持っているのだろうか。

ふと右手を握られる感触がした。隣で寝ている游娜だった。目を向けると、游娜は自分をじっと見つめていた。

「大丈夫だよ。全て大丈夫になる」

囁きながら、游娜はぎゅっと手を握ってくれた。その柔らかい手の暖かみを味わっていると、自分の中で渦巻いていた不安もなんとなく鎮まってきたように、宇実には感じられた。宇実は半分寝返りを打って游娜と向き合い、左手で彼女の空いている方の手を握った。

「うん、きっと大丈夫になる」

ぎゅっと游娜の両手を握り返しながら、宇実は囁くように言った。「私はノロになる。ずっと〈島〉に住む。そしたら、ずっと一緒にいよう」

宇実を見つめていた游娜の双眸（そうぼう）には、俄かに輝きが宿った。次の瞬間、太陽の香りが鼻先を掠めた。垂れてきた髪の毛が顔に触れて微かにくすぐったいが、それより気になったのは唇に重なるじっとりとした感触だった。吹き荒ぶ風の怒号の中で、夜を覆い尽くす暗がりの中で、游娜が唇を自分のに重ねてきたのだ。そう悟ると、宇実は一瞬身体が震え出し、何か鋭い光みたいなものが脳裏で閃いた。湿っぽい一対の唇だった。自分も昔、誰かとそうやって唇を重ねていた。そしてそれが何か決定的な出来事になった。はっきりした記憶はないが、身体の内側に沁みついた体感がそう訴えかけている。

気が付くと、宇実は涙を流していた。自分にも理由が分からないその涙の雫が頬を伝って滴り落ちると、游娜が優しくそれを舌で掬い上げた。

翌朝になると、台風は過ぎ去った後だった。

游娜の家は幸いにして被害を受けなかったが、集落のあちこちに嵐の爪痕が残っていた。折れた樹木、飛ばされた瓦や壁板、横転した車。看板が落ちている店や、ガラスが割れた家もあった。田んぼに行くと水嵩が増していて、実りかけていた稲穂の多くは水浸しになり、そうでないところも倒れたり茎が折れたものが多々あった。哲江おじさんなど農家の人々は稲を何とか救おうと田んぼの排水作業や流れ込んだゴミの除去作業に勤しんでいた。ノロたちは集落を走り回り、被害状況を確認していた。被害を受けて家が住めなくなった人はノロが新しい住居を指定することになるが、それまでは暫く学校の集会場か近所の家に泊まることになっている。

日用雑貨を扱う〈舜華商店〉を目にした時、宇実は暫く呆然と立ち尽くした。元々そこにあった木造の平屋が全壊し、木片の廃墟と化していたのだ。ノロたちと有志の住民が現場の整理に当たっている。商店には〈島〉では作れない生活必需品がたくさん揃っているから、なるべくまだ使えそうなものを家の残骸の中から掻き集めているところらしい。

みんな沈んだ顔をしていた。訊けば、店主の舜華おじさんは昨夜、家が倒れた時に下敷きになって右足の骨を折ったらしい。手当てが済んで今は学校の集会場で療養しており命に別状はないが、救出に当たったノロが一人、飛来した瓦に直撃されてその場で亡くなったという。名前を教えてもらった。宓穂（ミホ）。それは宇実や游娜たちに〈女語〉を教えているあの若いノロの名前だったのだ。

どの道を歩いたかも覚えておらず、宇実はぼんやりとしたまま家に帰った。游娜は既にそのことを知っているようで、宇実を見ると抱きついてきて泣き崩れた。晴嵐は復旧作業の手伝いに出かけており家の中は二人しかいなくて、游娜の泣き声が家中に木霊した。たった一晩のことで、急にやってきた嵐のせいで、半年以上自分たちに〈女語〉を教えてきてくれた人とはもう二度と会えなくなった。そんなことを宇実はまだ信じきれずにいたが、游娜の泣き声を聞いてやっと実感が持てるようになった。鼻がじんと痛み出し、目頭が熱くなるのを感じた。宇実は游娜の背中に腕を回したまま、涙が静かに溢れ出て、游娜の髪の毛を濡らしていった。

拓慈のことを思い出したのは暫く経ってからのことだった。違う集落に住んでいる拓慈は無事なのだろうか。泣き止んだ游娜を床に座らせ、厨房で飲み水をコップに入れてあげながら（蛇口を捻ると暫く黄色の水が出ていた）、宇実は考えた。再び居間へ戻ろうとした時、拓慈は既に居間に座っており、慰めるように游娜の背中を摩(さす)っていた。拓慈もまた二人の様子が気がかりで、西集落から来てくれたのだ。拓慈の無事を確認して胸を撫で下ろすのと同時に、寄り添う二人の姿を見ると胃の中が空っぽになったような感覚に襲われた。踵(きびす)を返し、宇実は飲み水をもう一杯追加して二人に出した。

「ありがとう」

と、ぽつりと拓慈が言った。なんて言えばいいか分からず、宇実は返事しなかった。拓慈は気まずそうに髪の毛を掻きながら、やはり黙り込んだ。沈黙の帳(とばり)に身を委ねたまま、三人は視線を合わせまいとそれぞれ異なる虚空の一点をひたすら凝視していた。

午後、宓穂の遺体が崖下へ運ばれた。宇実も葬列に参列した。

台風で三人の島民が亡くなった。東集落で二人、西集落で一人。遺体は二本の木の棒の間に麻布を張っただけの簡易型の担架に乗せられ、島民に担がれて海辺へ向かった。ノロといえども葬式の扱いは他の島民とは特に変わらず、二体の遺体が新たに東集落の海岸の崖下の岩陰に置かれ、風化を待つことになった。島民たちは岩陰の外で立ち止まり、ノロたちが彼岸花の群れを渡り、遺体を中へ運んだ。昨夜の嵐が嘘だったかのように、空は雲一つなく晴れ渡り、太陽の灼熱の白光を受けて岩肌から陽炎が立ち昇り、彼岸花は気が狂ったようにめらめら燃え盛っていた。

洗骨の時とは違い、〈島〉では人が亡くなった時にこれといった儀式は行われない。見送りに来た島民は汗を掻きながら、遺体の置かれた岩陰に向かって暫く合掌しただけで、すぐに解散し、それぞれ復旧作業に戻った。

*

一か月後の満月の日は、宇実と游娜にとって最後の女語の講習だった。講習会の翌日が〈成人の儀〉なのだ。

講習会には別のノロが講師としてやってきた。宓穂より少し年を取っているように見え、目尻や鼻下に細かい皺が入っている。いつものように部屋を一周して蠟燭を灯し、祭壇に向かって厳かにお辞儀をした。そして〈女辞泉〉を取り出し、みんなに向き直った。

「今日から私が皆さんに女語を教えます」

新しい講師はやや嗄れた声で言った。「皆さんの中には、今日が最後の講習という人もいるでしょう」ここまで言って、ノロは游娜と宇実の方にちらりと目を遣った。「あなたたちを送り出すことができず、宓穂もきっと無念だったと思います。彼女が〈ニライカナイ〉に渡れるよう、皆さんからも、お月様とお日様にお祈りを捧げてもらえませんでしょうか」

それは指示ではなくお願いの口調だったが、もちろん首を横に振る人はいなかった。ノロは線香を一本焚いて祭壇の前に立てた。その線香が燃え尽きるまで、みんなで正座したまま合掌し、史纂神社で祀られている二柱の神様に向かって暫く黙禱した。

線香の奥ゆかしい香りが夏の夜風に乗って部屋中に漂い、心を落ち着かせていく。夏虫の鳴き声が伝わり、耳を澄ませば海から潮騒すら聞こえてくる。瞼が作り出す暗闇の中で、実際に存在しているかどうか分からない〈ニライカナイ〉に思いを馳せながら、宇実は宓穂に女語を教わった半年余りの時間を思い出し、ゆっくり嚙み締めた。拓慈と同じように、宇実もまたニライカナイの存在を信じきれずにいるが、これまでにないほど強く、そんな海の彼岸の、死後の楽園が実在していることを今の宇実は願った。

耳を洗うような澄んだ鈴の音が鳴り、それを合図に黙禱が終わった。宇実はノロに視線を戻した。窓から降り注ぐ銀色の月光の中で正座しているノロは、月明かりによって清められているかのようで神々しく見えた。ノロは再び口を開いた。

「明日の〈成人の儀〉の後で、〈女語〉の試験が行われます。女語の試験に合格した人は、新しいノロになります。これまで講習会で習ってきた女語をしっかり身につけていれば、試験には容易に合格できるはずです。ただし」

ノロは暫く言葉を止め、部屋中に集まる生徒を見渡した。「言うまでもありませんが、ノロになった人はしかるべき責任を担わなければなりません。歴史を担う責任、祭祀を司る責任、そして〈島〉の人々を守る責任、そのどれもがとても重いものになります。時には危険を伴うような責任も果たさなければなりません。宓穂のように、責任を全うするために命を失ったノロも、私はたくさん見てきました。ノロになるためには、しかるべき覚悟を持たなければなりません。もちろん、特別な事情がある場合を除いて――」

ノロは流し目で宇実を一瞥してから、話を続けた。「ノロになるかどうかは、自分で決められます。女語を習ったからノロにならなければならない、なんてことはありません。そしてノロは、一度なったら辞めることはできません。明日の〈成人の儀〉までに、よくよく考えた上で、決断してください」

前口上が終わるといつものように教材が配られ、音読と解説が始まったが、ノロの言葉はしっかりとした重みを持って宇実にのしかかり、集中を妨げた。今になって初めて、宇実はノロになるということの重みを思い知った。それと同時に、大ノロが何故ノロになれと自分に命じたのか、宇実はやっと少し分かったような気がした。つまり、〈島〉の外から来た自分が、〈島〉に住みたいというのなら、それなりの責任を果たせということだろう。ノロは〈島〉の指導者であり、指導者というのは責任だらけの人間なのだ。

　不安と恐怖が心の中で増幅していくのを感じた。できればそんな大役は担いたくなかった。しかし、宇実には選択肢がない。ずっと一緒にいよう、と宇実は游娜に言った。ノロになってルールを変える、と拓慈とも約束した。游娜や拓慈、晴嵐、舜華、〈島〉の人々と離れないためにも、宇実はノロにならなければならないのだ。

　教材の読解に勤しんでいる游娜の方へ宇実はこっそり視線を向け、心の中で決意を新たにした。

　翌日は朝っぱらから、〈マチリ〉の時のようなどんちゃん騒ぎが始まった。銅鑼や鼓が打ち鳴らされ、人々の騒めきが溢れる。夜明け前まで講習会に参加していて少ししか寝ていない游娜と宇実もその賑わいに叩き起こされ、寝ぼけ眼を擦(こす)りながら起床した。

　儀式は学校の校庭で行われる。校庭には〈マチリ〉の時のような櫓(やぐら)が既に建っていて、正午近くになると〈島〉の各集落から島民たちがぞろぞろと学校へ集まり、櫓を中心に囲んで儀式が始まるのを待っていた。宇実たち新成人は事前に学校の集会場に集合し、そこで〈成人の儀〉の衣装に着替える。〈マチリ〉で游娜や拓慈が踊る時に着ていた、あの赤を基調にした華やかな衣装だった。冠だけはまだ被らない。成人の象徴として、儀式の中でそれぞれのオヤが新成人の頭に被せる流れなのだ。

着替えたあとは特にやることがなく、寝不足でうとうとしているうちに、三味線や打楽器が演奏される中で儀式が始まった。今年の新成人は宇実を含めて二十二人いて、女子十人で男子十二人だった。みんなで一列に並んで、順番を待つ。順番が来たら櫓に上がり、島民たちの祝福の視線に囲まれながら儀式を行う。

櫓での儀式は〈冠(かん)・祓(ふつ)・飲(いん)〉の礼で構成される。まずオヤが成人の象徴である、長い羽根をつけた真っ赤な冠を新成人に被せる。オヤと決別してこれからは一人で暮らしていくということの象徴として、新成人は正座したままオヤに向かって一礼をする。次に、大ノロが厄除けの呪文を唱えながら、母丁字(ぼちょうじ)の扇で新成人の全身を軽くはたき、お祓いをする。最後に、新成人は指先を切り、酒を注いだ盃に一滴血を垂らし、仄(ほの)かに赤く染まったその酒を飲み干す。これには一人前の成人になったことや、自分の人生に責任を持つといった意味合いが含まれているらしい。

宇実には正式なオヤがいないが、便宜上晴嵐が冠礼を行う。リハーサル通りに、宇実は正座し、晴嵐に向かって深々と一礼をした。次は祓礼。晴嵐が退き、大ノロが歩いてきた。

相変わらず背中が曲がっていて、片目が白く濁っている。一歩進むごとに重い息を吐き出し、今にも体力が尽きてそのまま倒れそうだったが、その視線も一挙手一投足も、全てが厳かに感じられ、威圧感を纏っている。宇実と向き合った大ノロは、濁っていない方の目で暫く宇実の両目を凝視した。見物する島民の騒めきと楽器が奏でる音楽に囲まれていても、大ノロの濁った呼吸の音が聞こえてきそうだった。大ノロの視線は射貫くように鋭く、宇実は緊張して反射的に目を背けようとしたが、何とか堪(こら)えた。

「お前にゃ期待してるぞ」

宇実にしか聞こえない声量で大ノロはボソッと言うと、祓礼を始めた。聞き間違いかと疑いたくなるような、一瞬の出来事だった。その言葉を何度も反芻しながら、宇実は祓礼が終わるまでその場で立ち尽くした。

二十二人分の儀式が終わると、暫く休憩があった。集会場で游娜と食事をしていると、拓慈が寄ってきた。

「リーメン、家を選びしたマー?」

と拓慈が訊いた。やっと成人の日を迎えられて興奮しているのか、それとも単に夏の正午の陽射しに当たっていたからか、拓慈は顔が赤らんでいた。

「未だ選ばず。リーは選びしたマー?」と游娜が訊いた。〈島〉では成人すると住む家が与えられるから、どの家がいいか決めたかどうかという話をしているのだ。

「游娜、リーは……」

少しばかりやんちゃとすら言える普段の悪戯っぽい態度とは打って変わり、拓慈は神妙な表情をして言い淀(よど)んだ。「自己一人で住むマー？」

「ワーは宇実と住むアー。拓慈、リーナー(あなたは)？」

と游娜は無邪気に即答した。ずっと一緒にいよう、という台風の夜の約束を游娜はそんなふうに受け取ったのかと宇実は密かに納得した。宇実はこっそり拓慈の方を窺った。彼は今しがた顔面を殴られたかのように表情が歪んでいる。その顔を見ると、拓慈が考えていることを宇実はすぐに分かった。

「ワー……」拓慈はまた言い淀んだ。

「拓慈、リーは游娜と住むを欲す、対バー(そうでしょ)？」

と、宇実が言うと、游娜は目を見開いて拓慈の方を見た。「拓慈、真にそマー(ほんとにそうなの)？」

游娜の意外そうな顔を見て、どれだけ鈍感だよ、と宇実は心の中で溜息を吐いた。

拓慈はがっくりとしたまま小さく頷いた。

「三人で一緒に住みしようバー？」

と宇実が提案した。が、その提案はあえなく游娜に否定された。「そは駄目ラ！」

「何故（なにゆえ）？」と宇実は首を傾げた。

游娜が言うには、游娜も宇実もノロを目指している。男の前で使ってはいけない〈女語〉を習熟し、男に伝えてはならない〈島〉の歴史を受け継いだノロは、男と一緒に暮らすと何かと不便なのだ。そのためノロは一人で暮らす人が多い。ノロ同士、あるいはノロではない女と一緒に暮らすのは構わないが、男と同じ家に住まないというのが〈島〉の不文律だという。

「そんな規則、奇怪に非ずマー？」

と拓慈が反論した。そして声量を下げて、二人にしか聞こえない声で言った。「私はもう女語ができる。歴史だって、お前らが教えてくれるって約束だろう？　だったら一緒に住んでも問題ないじゃないか？」

游娜は宇実と顔を見合わせた。確かに拓慈の言う通りだと宇実はすぐ腑に落ちたが、游娜はまだ悩んでいるようだった。不文律とはいえ、これまでなかった前例を作るのを躊躇（ためら）っている様子だった。

その時、儀式の再開を告げる銅鑼が鳴った。不服そうな顔をしながら、

「待ってる」

と拓慈がぽつりと言って、集会場の外へ出ていった。

休憩の後は、海への礼拝の儀式だった。まずは〈島〉の東端、そして西端に行って、それぞれ海に向かって礼拝をし、祈りを捧げるのだ。東端から西端への移動は、新成人は原則として徒歩でなければならない。他の島民は車や馬でも構わないが、新成人と一緒に歩いて応援したいという人も多い。

〈島〉の子供たちは普段から歩き慣れていて、身体が強い人がほとんどだから大して苦にならないらしいが、身体が弱い宇実にとってそれはちょっとした苦行だった。東端の東崎(あがりざき)で祈りを捧げる時はまだ空が明るい午後だったが、やっと西端の西崎(いりざき)に着いた頃、既に海は夕陽で赤く染まっていた。果てしない海と傾いていく夕陽への祈禱が終わり、〈成人の儀〉が幕引きを迎えた時、宇実はもう疲れ果てていた。せっかくの晴れ着が汗でべたついていて気持ち悪いし、長い距離を歩いたせいで両足が痛かった。寝不足も祟って頭がぼんやりしている。このまま家へ帰ってゆっくり寝たいところだが、そういうわけにもいかない。月が出ると、〈女語〉の試験が始まるのだ。

*

結局新成人の十人の女子のうち、游娜と宇実も含めてノロを志望したのは三人だけだった。

夜の帳が下り、月が空に昇った頃、三人は〈史纂（しさん）神社〉の外で集合した。もう一人の女子は南集落から来ている。名は奈弥（ナミ）という。試験開始を待っている間、三人は口慣らしも兼ねて〈女語〉で雑談した。

「奈弥はなんで、ノロになりたいと思ったの？」と游娜が訊いた。

「私は、大ノロに憧れたから、ノロになりたい」と奈弥が答えた。構文を考えているように暫く間を置いてから、付け加えた。「大ノロのようなノロになりたい」

「大ノロに憧れてるの？　なんで？」

好奇心から宇実が訊いてみた。〈島〉で一年近く住んでいても、宇実はいまだに大ノロを見るとどことなく怖じ気づいてしまう。そのため、ごく自然に大ノロに懐く游娜の天然な性格に、宇実はいつも密かに感心する。

「大ノロは真に〈島〉を守るため、努力してる」と奈弥がややこなれていない女語で答えた。「大ノロは友蘭（ユラ）を救った」

友蘭は奈弥のオヤで、奈弥、そしてもう一人の男と三人で暮らしている。友蘭は旗魚捕り、男は紡績を生業にしている。奈弥によれば、十年前の夏のある日、友蘭はいつも通り仲間と一緒に海に出た。出発したのはあまり風がなく、波一つ立たない穏やかな早朝だったが、正午近くになると急に空が暗雲に覆われ、強い風が吹き始めた。やがて風が嵐になり、激しい雨が降り出した。旗魚捕りたちはまだ帰ってこない。たとえ帰ってきても、このような天気では到底接岸できないだろう。奈弥も含め、旗魚捕りたちの行方を案ずる島民は港に集まったが、誰もどうしようもなかった。そんな中で、当時はまだ普通のノロだった大ノロがたった一人で食料などの物資を持って船に乗り込み、海へ出ていったのだった。夜になっても帰ってこないので、大ノロもろとも波に呑み込まれたのだと、みんなすっかり落ち込んだ。ところが翌朝、嵐が去った後に、大ノロの船が旗魚捕りたちを乗せて帰ってきた。旗魚捕りたちの船は海上で難破し、船の残骸にしがみついて海面に浮いているところに、大ノロが間に合ったのだ。それ以来、奈弥はノロに憧れているという。

「ノロは本当に大変だね」

話を聞いて、宇実はしみじみと言った。その言葉が奈弥の逆鱗に触れたようだった。

「じゃ、あなたはなぜノロなると思った?」

と奈弥が不服そうに訊いた。「大変が怖いなら、ノロならない方がいいと思う。違う?」

いきなりそう訊かれて、宇実は俯き気味になって答えた。「私は、選べないよ」

奈弥は暫く宇実を見つめた。

「そうか、あなたはノロなれと大ノロが言ったね」と奈弥が言った。「このことは、私は大ノロが間違ったと思う。〈島〉の外から来た人がノロなるのは、駄目だと思う」

宇実は俯いたまま黙り込んだ。本当にそうかもしれない、奈弥の言う通りかもしれない。〈島〉でノロになろうと思った女子たちは、みんな相当の覚悟を決めているのだろう。十年前、大ノロは海に出たきり戻ってこなかったかもしれない。むしろその可能性の方が大きかっただろう。奈弥だって、それを分かった上でノロを志望しているのだ。自分にはその覚悟があるのかどうか、宇実にはいまだ分からない。

奈弥の言葉に対して游娜が不服そうに言い返そうとした時、試験が始まった。まず游娜が呼ばれ、神社の中へ入っていった。残された宇実と奈弥は気まずくなり、黙ったままそれぞれ神社前の広場の一角で地べたに座って待っていた。

どれくらい経ったのか、月が中天に昇った頃、游娜は神社から出てきた。一日の緊張がようやく解けたからか、游娜にしては珍しく疲労と虚脱感に包まれた表情をしていた。家で待ってるね、と宇実に言い残し、游娜が先に家へ帰った。

次に奈弥が呼ばれた。同じくらいの時間が経ってから、奈弥も神社から出てきた。試験がうまくいかなかったのか項垂れていて、宇実には目もくれずそのまま神社を去った。

やっと宇実の番が回ってきた。膝が微かに震えているのを感じながら、宇実は神社の格子戸を開けた。見慣れた史纂神社の中で、大ノロが一人で祭壇の前に正座している。講習会の時と同じように、部屋の中を蠟燭の灯りが照らしている。月明かりが窓から降り注ぎ、祭壇と大ノロを柔らかく包み込んでいる。

「宇実」

部屋に入ると、大ノロが宇実の名前を呼んだ。「さあ座れ」

言われた通り、宇実はもう一つの座布団に腰を下ろし、大ノロと向かい合う格好となった。

大ノロは頭を上げ、宇実と見つめ合った。濁っていない方の瞳は、不思議と月と同じ柔らかい光を放っているように、宇実には感じられた。何をすればいいか分からず、宇実はただ黙って大ノロの言葉を待った。

ふと頬に何かひんやりとしたものが貼り付いてきた。大ノロの手だった。大ノロが宇実の頬を撫でているのだ。その手は皺くちゃで冷たいが、しかしとても優しい動きで宇実の頬を軽く撫でていた。頭で考えるより先に、宇実は目を閉じ、その手のざらつく感触を味わった。

「昼間も言ったんだが、私はお前にゃ期待している。がっかりさせんでくれ」

と、大ノロが嗄れた声で言った。やはり昼間のは自分の聞き間違いではなかったのだ、と宇実は思った。その言葉の真意を宇実ははかりかねているが、少なくとも大ノロはもう自分を敵視していないのだと分かり、宇実は安堵した。

「ノロになれなくても、このまま〈島〉に住んでいてもいいですか？」

勇気を振り絞って、宇実は訊いてみた。何があっても〈島〉を離れたくない、と宇実は思った。

「〈島〉を離れたくないのは分かるが、約束は守ってもらわんといかん」

と、大ノロが徐(おもむろ)に言った。「でも私はお前を信じてる。お前はノロになれる」

返す言葉が見つからず、宇実は黙り込んだ。

「お前は本当に何も覚えていないのかね？」

と大ノロが言った。「自分が〈島〉に来る前のことを、何一つ覚えていないのかね？」

暫く躊躇い、宇実は本当のことを打ち明けることにした。自分に残っている記憶の断片。海上の嵐と雷光。箱のような形をした家。ファミリーという生活単位。画一的な白い服装。そして水分の行き渡った、一対の柔らかそうな唇。色々なところに散らばる、はっきりとした実像を結ぶことのない記憶の残滓(ざんし)を、宇実は大ノロに打ち明けた。大ノロはゆっくり頷きながら静かに聞いた。

「お前も大変だったな」

話が一段落すると、大ノロは溜息を吐いた。「〈島〉の生活にも、よう慣れてくれた。お前の努力を、私はしっかり見ているし、晴嵐や他のノロからもよう話を聞いた」

いつもの厳しい声音ではなく、大ノロは優しい口調でそう言った。大ノロから労いの言葉をかけられるのが意外で、宇実は何と言えばいいか分からず、ただ黙って軽く頭を下げた。ややあって、宇実は再び顔を上げ、大ノロと見つめ合った。

「一つ、分からないことがあるんです」と宇実が言った。

「なんだい？」と大ノロが訊いた。

深呼吸をしてもう一度勇気を振り絞り、宇実は疑問を口にした。自分の質問が非難に聞こえないように、努めて平坦な口調を保ちながら。

「なぜ女しかノロになれないのか、知りたいんです」

言った後に思い出し、宇実は付け加えた。「〈彼岸花採り〉も、です」

一瞬、濁っていない方の瞳がきらりと光ったが、大ノロは口を開かなかった。暫く静寂が流れた。

「それはお前がノロになれば自ずと分かることだろう」

と、大ノロが言った。先刻までの優しい口調とは違って、今度はきっぱりとした言い方で、もうこの話はしたくないという強い意志が込められていた。その態度の変化に宇実はぎくりとし、それ以上何も言えなくなった。宇実の戸惑いを無視し、大ノロはゆっくり祭壇の下の戸棚から何かを取り出した。

「そんじゃ始めるぞ」

〈女語〉の試験内容はごく普通のものだった。まずは配られた〈女語〉の文章を音読し、その文章の意味を〈女語〉もしくは〈ニホン語〉で解説する試験だった。宇実は難なく文章を理解し、それをうまく説明することができた。次に大ノロが〈女語〉で読み上げた文章を聞いて、それを書き取っていく試験だった。こちらもそつなく熟（こな）した。疲労が邪魔して集中が切れた瞬間もあったが、概ね正しく解答できたという自信を宇実は持っていた。

試験が一通り終わると、大ノロが何回か頷いて、もういいよという合図を出した。宇実は大ノロに向かって一礼してから、やっと軽くなった気持ちで史纂神社を後にした。


合格の知らせが入ったのは三日後のことだった。

游娜も宇実も無事ノロになるが、奈弥は落ちたとのことだった。新しくノロになる二人に〈島〉の歴史を伝える〈歴史伝承の儀〉は、更にその五日後に行われる。そのことを聞きつけて游娜の家へ駆けつけてきた拓慈は、二人の合格を喜ぶついでに、約束通り歴史を教えてほしいと釘を刺した。

五日後は申し分のない大晴れの日だった。朝、游娜と宇実が集合場所である山麓に着いた時、大ノロと二人の助手係のノロは既にそこで待っていた。二人を見送りに集まってきた島民が数十人いて、みんな興奮気味に何かを話していて騒がしかった。その中に拓慈と奈弥もいた。拓慈は緊張しているようにそわそわ落ち着かず、奈弥は悔しそうに目を逸らしていた。

「んじゃ、行くぞ」

と大ノロが言うと、五人は島民たちの拍手の音に送られて山道へ分け入った。

〈歴史伝承の儀〉は〈島〉で最も高い御嶽〈彼岸（ビアン）御嶽〉で行われる。五人は山道を歩いて御嶽へ向かわなければならない。二人のノロが大ノロを支えながら前を歩き、その後ろを游娜と宇実がついていく。他の島民は神聖な山に入ってはいけないので、暫く歩くと島民たちの喧騒は濃密な緑に遮られ、掻き消された。

〈彼岸御嶽〉への道は階段もなく、土の上り坂に足場となる敷石を飛び飛びに置いただけの細道だった。あるところまで登ると敷石もなくなり、斜面も急になった。ところどころガジュマルの太い根が道を這っており、足元に気をつけなければ躓（つまず）いて転んでしまう。道の片側は様々な羊歯（しだ）植物と雑草に覆われる高い岩壁で、入り乱れる樹木の枝の間には時々蜘蛛の巣が張られており、銀色に光っている。もう片側は断崖になっている。断崖の方からは東集落の色とりどりの家々と緑の田畑を一望できるが、道を踏み外して転がり落ちてしまうと恐らく即死するだろう。断崖面をこっそり見ながら、宇実は思わず歯を食いしばり、一歩一歩しっかり土を踏みしめるように歩いた。

陽射しの角度が高くなるにつれて気温が上昇し、宇実はあっという間に汗だくになった。坂道は一段と急になり、登っているうちに膝ががくがく震え出し、息切れが激しくなった。大ノロも呼吸の音が濁り、歩く速度が遅くなった。一番元気そうな游娜でさえ疲労の色が顔に表れ、しきりに汗を拭き、水分補給をした。宇実は身体の重心を下げ、目線をひたすら足元に集中した。そうすると、急な坂道も少し楽になったような気がした。

ふとどっしりと重そうな物音がした。それと同時に、

「大ノロ！」

と、游娜の声が叫んだ。

目を凝らすと、大ノロがガジュマルの根に躓いて転んだのだ。二人のノロが支えていたので転んだ時の衝撃はさほど大きくないらしいが、数か所擦り剝けて、赤い血が白装束を染めていった。それを見ているだけで宇実は寒気を感じた。

「やっぱり、私たちがおんぶしていきましょうか」

と、一人のノロが提案した。「大ノロの身体では、こんな山道は厳し過ぎます」

「要らん」

と、大ノロがきっぱり断った。「そんなんじゃ、若いもんに示しがつかん」

「分かりました」

提言は聞き入れられないだろうと事前に分かっていたように、そのノロはあっさり引き下がった。「せめて傷の手当てをさせてください」

その提言には大ノロも異論がなく、黙ったまま頷いた。五人はその場で暫く休むことにした。一人のノロは水で大ノロの傷口を洗い、もう一人のノロはすり鉢と薬草を取り出し、薬を作り始めた。止血消炎効果があるジェジュの葉っぱに、麻酔効果がある彼岸花の花弁、それらを磨り潰して作った薬を傷口に塗ってから、蒲葵(ビロウ)の葉っぱで傷口を覆い、布切れで縛って固定した。休憩時間を延ばそうとしているのか、ノロたちは明らかにわざと作業のペースを遅らせていた。

手当てが一通り終わると、五人は再び出発した。太陽の角度から判断すれば既に正午になり、予定通りならもう御嶽に着いていてもいい頃だ。大ノロは道を急ごうとしたが、二人のノロは無理をさせないように、両側から大ノロの腕を摑んで支えながら、あくまでゆっくり歩を進めた。

御嶽といっても、〈島〉で一番高いところにある〈彼岸御嶽〉は、意外にも建物らしい建物がない。東集落の〈史纂神社〉のような木造の平屋も、西集落の〈天后宮〉のような鮮やかな朱塗りの円柱の門もない。周りにあるのは、ひたすら植物と岩石だけだった。人間が到底攀じ登れないような高い絶壁には羊歯植物や雑草が乱雑に蔓延り、あちこち樹木の枝が無秩序に這い回っていた。比較的平坦な地面にも、蒲葵、ガジュマル、真竹、砂糖棗椰子、砥草葉木麻黄など様々な植物が生えており、辺り一面が木陰に覆われている。一か所だけ、石を積み上げて築いた輪っかの形の石垣があり、石垣の特に高いところが石門になっていて、赤い柵が嵌め込まれている。柵の前には小さな石香炉と、白い陶器の瓶が置いてある。石垣に囲まれているのは、五人が手を繋いでも抱きかかえることができないくらい、幹が太い大きな赤木だった。石垣の周りには赤い彼岸花が咲き乱れている。

ノロによれば、この石垣が〈彼岸御嶽〉で、石垣の真ん中に生えている赤木は樹齢三百年以上の老木で、〈島〉で一番神聖な樹らしい。一般の島民が立ち入り禁止なのはもちろん、ノロでさえ、この地を訪れるのは〈マチリ〉、〈歴史伝承の儀〉、ニライカナイへ出発する前に行う祈禱など、年に数回だけだという。〈彼岸御嶽〉の庇護が賜れるよう、ここの赤木の種を持ち帰って集落で植えたのが、大ノロの屋敷にあった赤木なのだ。

話を聞きながら、宇実はその赤木を見上げた。その巨木は太い幹から無数に枝分かれしながら空へ伸びていき、傘の形をした樹冠を成して周りをその傘下に覆い、てっぺんまではとても見極められない。老木のためか幹や枝はかなりでこぼこで、鳳尾貫衆や穂羊歯などの羊歯植物がたくさん着生しているが、それでもその静かな佇まいには不思議な生命力を感じさせるものがあった。

宇実が見惚れているうちに、大ノロは線香を三本取り出し、火をつけて御嶽の香炉に立て、ハイビャクシンの小枝を白い瓶に入れた。そして母丁字の魔除けの扇と数珠を手に持ち、御嶽に向かって地べたに正座した。二人のノロに促され、游娜と宇実も慌てて大ノロに従い、その後ろで跪いた。地面には小石や枯れ葉がたくさん落ちており、座布団も使わず正座すると膝が痛いが、宇実は頑張って耐えることにした。大ノロは目を閉じ、合掌して何かをぶつぶつ唱え始めた。宇実も目を閉じ、御嶽に向かって頭を下げたが、周りにはたくさんの蚊が飛び交い、耳元で鳴り響くブーンという羽音が集中を妨げる。暫く経つと身体のあちこちに痒みを覚え、特に四布織に覆われていない脛や腕、首などが何か所も刺された。我慢できず、宇実は目を開いてこっそり大ノロの方を見た。大ノロも同じように蚊に刺されているはずだが、祈りを捧げるのに無我夢中でびくともしない。

鈴の音が鳴り、祈禱が終わった。大ノロは御嶽に向かって深々と一礼をしてから、游娜と宇実の方を向いた。

「これからお前らに〈島〉の歴史を伝えるが、まずはノロになるということについて、おめでとうと言っておこう」

と、大ノロは游娜と宇実を見つめながら言った。「ノロになるということの重みは、お前らもよう知っている通りだ。中でも〈歴史〉を受け継ぐ責任が重い。昔のことを知っている人間は、常に先のことを考えながら生きていかねばならんからな。それは決して楽なことじゃあない。覚悟が求められることだ」

大ノロの濁っていない方の目にはまたもや、〈成人の儀〉で見たあの射貫くような鋭い光が宿った。大ノロはその目で覗き込むように游娜の顔を見つめ、次に宇実の顔を見つめた。そして一音一音区切るような、きっぱりとした口調で言った。「ゆめゆめ、軽はずみな行動はするな」

見抜かれている、と宇実は思った。大ノロは、何もかも見抜いているのだ。二人が〈島〉の規則を変えようとしていること、拓慈に歴史を伝えると約束していること、大ノロは全部知っている。知っていても言明せず、自分たちを試しているのだ。隣に正座している游娜も同じことを悟ったのか、顔に動揺の色が浮かんだ。

「大ノロ」

と、宇実は震える声音で言った。「教えてほしいんです」

大ノロは目を細めた。「なんだい?」

「どうして男の人は、ノロになることも、歴史を知ることも許されないのか、本当に知りたいんです」

と、宇実は試験の時にも発した疑問を何とか言葉にして、再び口の中から押し出した。周りの雰囲気が一変して張り詰めたのが、肌にしみて分かる。游娜がこっそり自分の四布織の裾を引っ張っているのが感じられる。もう言うのはやめよう、という合図だった。

しかし大ノロは特に怒った様子を見せなかった。

「歴史を知っていれば、自ずとその理由が分かろう」

と、大ノロが平静な口調で言った。「その歴史をこれからお前らに伝えるんだ。心して聞いておくれ。机がなくて書きづらいだろうが、文字に書き留めてもらっても一向にかまわん。もっとも、ゆくゆくは頭に叩き込んでもらわんと困る」

＊

歴史の話をする前にまずはっきりさせせんといかんのだが、〈ニライカナイ〉というのはこの世に存在しない。ええ、この世だけでなく、死んだ後の世界にも存在しないね。

そこまでびっくりせずともよかろうよ、游娜。この事実を受け入れるのは、ノロになるための第一歩だ。

ミロ神の船がどこへ向かっていたかって？　それは〈島〉の西の方にある、〈島〉よりずっと大きい、もう一つの島さ。そう、私たちが住んでいるこの〈島〉以外の島が、世の中には無数にあるんだ。そしてそのどれも〈ニライカナイ〉じゃあない。西の方にある島は〈タイワン〉といって、〈チュウゴク〉という大きな国が所有しているものだ。

私たちの先祖がまだこの〈島〉へやってきていなかった大昔から、その〈チュウゴク〉ってのは存在していたんだが、あの時、〈タイワン〉はまだ〈チュウゴク〉のものじゃなかった。〈チュウゴク〉は〈タイワン〉を欲しがっていたが、〈タイワン〉がそれを拒み続けたわけだ。

我々の先祖は、この〈島〉よりずっと北の方にあった、〈ニホン〉という何百何千もの島で構成される国に住んでいた。ある年、〈ニホン〉で流行り病が蔓延り出して、たくさんの人の命を奪った。十人に一人は死んだかね。

何年か経った後、流行り病はようやく終息したが、その病が実は国の外から持ち込まれたものだと、後になって分かった。病で仲が良い人、親しい人を失くした人たちは怒り狂い、「外から来た人」、つまり「外人」を〈ニホン〉から悉（ことごと）く追い出そうと躍起になった。〈ニホン〉の偉い人たちはもともと「外人」のことを好ましく思わんでね、その流れを利用して、「美しいニッポンを取り戻すための積極的な行動」と称し、「外人」を全て〈ニホン〉から追い出すことにした。〈ニホン〉から出ていこうとしない人は、皆殺しにしたんだ。

お前らはびっくりするかもしれんが、あん時、偉い人たちはほとんど男だった。国の方針を決めて、民衆を導く偉い人たちは、ほとんど男だったんだ。それだけじゃあない。歴史の担い手もまた男だった。歴史を作る人も、歴史を語る人も、全て男だった。男たちは野蛮だったんでね、繰り返し繰り返し、醜い争いをし、戦をやった。流行り病で死んだ人なんざより、男たちが殺した人の方がよっぽど多かったかしらね。あん時、女っちゅうのはただ男の所有物でしかなかった。女が男のものになるっちゅう契りをする風習もあったね。契りを交わすと女は男とおんなじ家に押し込められて、男がいつでも好きな時に女を殴ったり、犯したり、殺したりできるんだ。オカスってどういう意味かって？　そりゃ、無理やり子供を生ませるっちゅう意味さ。

そんなわけで、〈ニホン〉の偉い男たちは、〈ニホン〉にいる「外人」を全て外へ追い出すことに踏み切った。彼らは先進的な技術を使って、全ての人の血を調べたんだ。「外人」の血が濃いと判断された人は、みんな追い出されたり、殺されたりしたね。もともと〈ニホン〉は人が多過ぎたんでね、流行り病と「美しいニッポンを取り戻すための積極的な行動」のおかげで、人口は半分くらい減ったさ。

そう、私たちの先祖はそんな行動で追い出された人たちさ。「外人」の中には、もう長らく〈ニホン〉に住み着いた人たちもいて、彼らはそこから追い出されると本当に行くところがなくなってしまう。私たちの先祖もそうだった。大きな船に乗って〈ニホン〉から逃げ出したはいいが、行き場はどこにもなかった。当てもなく海をあちこち彷徨(さまよ)ったあげく、この〈島〉に流れ着いたんだ。

〈島〉には元々、別の人たちが住んでいたんだが、私たちの先祖は自分たちが生き残るために、元々〈島〉に住んでいた人たちを、みんな殺したね。〈島〉を丸ごと奪い取ったっちゅうわけだ。あん時、私たちの先祖もまた男たちが方針を決めていたから、そんな野蛮なことをしたんだろうよ。男たちはこの〈島〉の元々の住人を皆殺しにし、屍体を海へ放り出したんだ。

しかしそんなことをやっても、私たちの先祖は生き延びるのが難しかった。なんせ、この〈島〉は狭い。食料が足りない。そして私たちの先祖は、実に大きな船に乗って大勢で押しかけてきたんだ。あの船は今でも使っているよ。そう、〈ニライカナイ〉へ向かう時に乗る、あの船さ。

すると、男たちは思い付いた。食料が足りないんなら、人を減らせばいいんじゃないかってね。弱い人から減らしていけばいいんだってさ。本当になんでそんな発想になるんだろうね。ともかく、男たちはすぐ身ごもった女に目をつけた。そりゃ身重の体の女なんだから、弱いに決まっているだろうよ。それに子供なんざ生まれたらまた人が増えちまうからね。

〈島〉の西の方にある裂け目、お前らも行ったことがあろう。男たちは妊婦をそこに集め、その裂け目を跳び越えさせたんだ。そんな大きな裂け目、妊婦が跳び越えられるわけがなかろうよ。ほとんどの女は裂け目の下に落ちて死んだ。跳び越えられた女もみんな大けがをして、子供が流れたね。

しかし、女ばかり減らしてもしょうがないから、男も減らさないとバランスが悪い、と男たちは思ったわけさ。そんで、時々〈北月浜〉なんかで銅鑼や鼓を打ち鳴らして、その音を聞くと男はすぐその場所まで駆けつけなければならない、なんて規則を作った。遅れた人はその場で殺されて、屍体は海へ放り出される。北月浜は血の海になっていた。これで体力がない、足が遅い男たちも、みんな死んだね。

ちょうどそん時、〈チュウゴク〉は〈タイワン〉を自分のものにしようと攻め込んだんだ。〈タイワン〉は〈チュウゴク〉に負け、たくさんの人たちが逃げ出した。船に乗って、この〈島〉へ逃げてきた人もいた。彼らもまた、私たちにとっては先祖だね。しかし先に

〈ニホン〉から逃げてきた先祖は、〈タイワン〉から逃げてきた先祖を追い出そうとして、また戦が始まってしまった。もちろん男たち主導でね。
どれくらい人が死んだんだか、彼岸花のような、赤い血で〈島〉のあちこちが染まっていた。そんで、やっと戦いに疲れた男たちはある日、今更のように自分自身の愚かしさに気付いたさ。これじゃ、自分たちを追い出した〈ニホン〉の偉い人たちや、侵略してきた〈チュウゴク〉の人たちと、全く変わらないんじゃないか。彼らはこの赤く染まった〈島〉をぐるりと見回し、自分たちが作ってきた歴史のおぞましさにハッとして、急に怖くなったね。そんで、「歴史」を女たちに手渡し、自分たちは歴史から退場することにしたさ。長い長い人間の歴史で誰もやったことがなかったことに、私たちの先祖はようやく踏み切ったっちゅうわけだ。

「歴史」を手渡された女たちは、まず戦をやめた。〈ニホン〉から逃げてきた人が〈島〉の東の集落に、〈タイワン〉から逃げてきた人が西と南の集落に住むように、采配を振ったんだ。もちろん行き来は自由なんでね、そのうち区別がなくなって、習慣も言葉も信仰も文化も入り混じるようになった。その入り混じった言葉が、今〈島〉で使われている〈ニホン語〉さ。それとは別に、〈ニホン〉から逃げてきた当時に使っていた言葉を、女しか習うことができない、歴史を語り継ぐための〈女語〉として確立させた。つまり〈女語〉は古の言語さ、普段使わないから、当初からずっとこのまま受け継がれてきて、ほとんど変わっていないんだ。

それから、女たちはそれまで当たり前だった風習を変えることにした。女が男のものになるっちゅう契りも、血の繋がりを大事にする考え方もやめた。血の繋がりへのこだわりは、争いの源になるからね。それと、男たちに殺された、この〈島〉の元々の住民の文化や信仰を復活させて、自分たちが〈ニホン〉や〈タイワン〉から持ってきたものと混ぜて、今の〈島〉の習慣や生活様式を作り上げたんだ。

しかしいかんせん、〈島〉は狭すぎる。お前らも分かっている通りなんだが、みんなが生きていくために必要なものが、全部自分たちで作れるわけじゃあない。そこで女たちは、〈タイワン〉と貿易をすることにした。貿易っちゅうのは、要は物を買ったり売ったりすることさ。とはいえ、豊かな〈タイワン〉が欲しがるようなものは、〈島〉にはほとんどない。せいぜい旗魚や鰹くらいだろう。それでも女たちは諦めず、〈島〉の全ての植物を調べ尽くした。そして〈島〉の彼岸花に気付いた。「ヒガンバナ」は〈女語〉の言い方で、〈ニホン語〉では「ビアンバナー」って言うね。

〈島〉で自生している彼岸花は、特に人間の血のような鮮やかな色の彼岸花は、他のどこにもないような、強力な麻酔効果を持っていて、痛み止めとして使える。それだけじゃあない。正しいやり方で採り、適切に加工した彼岸花は、人間が一度摂取すれば、絶えず欲しがるようになるんだ。そこで女たちは彼岸花を集中管理して、それを〈タイワン〉へ運び、生活必需品と交換することにした。〈タイワン〉と〈チュウゴク〉は人が多い。この〈島〉より何千何万倍もの人が住んでいる。ほんの一握りの人間が〈島〉の彼岸花を欲し続ければ、〈島〉の生活は保障されるんだ。

游娜、そんなにびっくりせずともよかろう。お前は立派な〈彼岸花採り〉だ。お前が彼岸花を採っているおかげで、〈島〉は〈ニライカナイ〉から宝物を頂ける。〈島〉で車が走れるのも、工場の機械が動くのも、家が建てられるのも、全てこの〈島〉の彼岸花のおかげさ。それがなけりゃ、私たちはここに生きてなんざいないね。

宇実、なんで男に歴史を明け渡してはならないのか、これでお前にも分かっただろう。何を隠そう、この〈島〉以外のほとんどの場所では、今でも男が歴史を司り、力を握っているんだ。女や子供は男に怯えて、男同士の戦いや争いは次々と起こっていて、たくさんの人が死んでいく。〈島〉の歴史から私たちノロが学べることは、決してあんな歴史を繰り返させてはならないということさ。

4

その夜、宇実は高熱を出して寝込んだ。

蚊に刺されて何かの病気にかかったのか、それとも単に溜まった疲労が祟ったのか、熱に浮かされながら夢と現(うつつ)のあわいを行き来する宇実には、ぼんやりとした意識の中で多くの影が掠めていくのが見えた。

吹き荒ぶ嵐、閃く雷光、砕けた船の破片、海に呑み込まれる子供たち。誰かの激昂する顔。開いたり閉じたりする口の周りには髭が生えていて、顔の肉が怒りに震えている。別の誰かの顔。また別の誰か。蔑むような冷たい眼差し。悲しげに流れる涙。怯えに揺らめく瞳。流れるように、顔。顔。顔。振り下ろされる木槌。振り下ろされる拳。投げかけられる言葉。投げかけられる小石。金属の柵は錆に塗れ、小さな部屋は月明かりに照らされて光る。顔。水分が行き渡った唇。潤いをたっぷり含んだ瞳。口元に浮かべられた微笑み。差し伸べられた手。握り交わされた手。顔。顔。顔――

皺くちゃの顔が視界に浮かび上がる。白い闇に覆われた瞳。乾き切った唇と頬肉。大ノロの顔。誰かの声が聞こえた。大ノロの声。宇実は身体を起こそうしたが、微動だにしない。手も重くて上がらない。瞼も開かない。何か鋭いものが突き刺さって深く抉られているように顳顬（こめかみ）が痛い。暗闇に沈んでいくと、熱くて火傷しそう。飛び散る火花。燃え盛る彼岸花。吹き荒ぶ嵐。打ち付ける豪雨。押し寄せる荒波。柔らかく、湿っぽい唇。

　陽射しに瞼をこじ開けられた時、游娜が自分の身体に伏せて眠っていることに宇実は気付いた。頭は重いが、手はもう動かせる。宇実は游娜の背中に手を置いた。規則的に上下する背中は、仄（ほの）かに暖かい。見回すと、游娜の家だった。布団の横には薬草とすり鉢が置いてある。ジエジュと彼岸花、西蓬（にしよもぎ）、牡丹防風（ぼたんぼうふう）。晴嵐は旗魚捕りに出かけたのだろう、家には游娜と自分しかいない。よく見知った朝の光景と、馴染みのある匂い。そうだ、自分は〈島〉にいる。〈島〉でノロになり、游娜と暮らすのだ。ここには嵐も荒波も稲妻もない。そう悟ると、宇実は地に足がついたような安心感を覚えた。

「游娜」

　と、宇実は游娜の髪を撫でながら、静かに声をかけた。「寝るなら私の身体の上ではなくて、布団で寝て」

寝ぼけ眼を揉みながら游娜が起きると、いきなり宇実に抱きついた。「宇実！　リー、醒したアー！」

「うん、目が覚めたよ」

宇実は微笑みながら答えた。

游娜によれば、宇実は丸一日寝込んだのだという。

「そんなに寝たの？」

と、宇実が驚いて言うと、游娜は右手の甲を宇実の額にくっつけてきた。手が少しひんやりしていた。

「そう、寝たんだよ。寝ながら、ずっと苦しそうに何かぶつぶつ言ってた」

「私、魘されてたの？」

「そうそう、魘されてた。大ノロも心配してて、ずっと看病してくれてた」

と游娜が言った。「でも熱は下がったみたい。もう大丈夫そう」

宇実が寝込んでいる間、大ノロは周りが止めても聞かず、睡眠を削ってまで看病してくれたらしい。そのせいでまた体調が崩れ、今は自宅で療養しているという。

大ノロが手ずから看病してくれたという事実も宇実にとって意外だった。大事にされていることを嬉しく思う一方、大ノロが自分に何故、そして何を期待しているのか、宇実にははかりかねていた。

「そう言えば、昨日拓慈が来たよ」

言いながら、游娜の顔は微かに翳った。その頬を撫でてあげたいという欲望を、宇実はぐっと堪えた。

「拓慈にはなんて言ったの？」

〈島〉の歴史を一刻も早く知りたいと思い焦がれる拓慈の顔が、宇実の頭にありありと浮かび上がる。

「宇実の体調が戻るまで待ってほしい、って言ったよ」游娜は答えた。

どちらからともなく、二人は黙り込んだ。

「お粥を作ってくるね」

そう言って、游娜は立ち上がり、厨房に入っていった。

一人になった宇実は、寝込んでいた時にちらついた影について考えた。〈島〉の歴史を知った今、宇実にはそれらの記憶の断片を意味づけることができた。かつて〈ニホン〉と呼ばれていた場所に自分は住んでいたが、何らかの理由で船に乗せられて追い出され、〈島〉に流れ着いたに違いない。だから〈島〉の〈女語〉に似た言葉が話せたのだ。〈女語〉とはつまり昔の〈ニホン語〉なのだから。そして、〈島〉の先祖が〈ニホン〉を出た後、〈ニホン〉は何らかの理由で〈ひのもとぐに〉に名前を改められ、〈ニホン語〉もまた〈ひのもとことば〉になったのだ。

宇実は少し悲しい気持ちになった。今更〈島〉を出てかつて住んでいた場所に戻りたいなんて微塵も思わないが、しかし自分はやはり追放された身で、戻れるところなんて最初からどこにもなかった。それを改めて思い知ると、否応なしに心の中で喪失感が生まれ、内側から蝕まれていくような苦しさを覚えた。何故追い出されたのか、なんとなくだが宇実にも推測できた。あの綺麗な唇。それは女の子の唇に違いない。恐らくあの唇の持ち主との関係がばれたせいなのだろう。それは〈ひのもとぐに〉では許されないことに違いなかった。

「お粥、できたよ」

そう言いながら、游娜はお椀を二つ手にして厨房から出てきた。「あと西蓬の汁ね」

「えっ、あの苦いの？　嫌だよ」宇実は抗議してみせた。

「駄目！　治りしない！　飲めラ！」

興奮すると言葉が〈島〉の〈ニホン語〉に戻る游娜を、宇実は微笑ましく思った。鼻をつまんでその苦い汁を飲み下しながら、游娜に自分の過去を話すべきかどうか宇実は少し迷ったが、やめることにした。

午後になると宇実は身体がかなり軽くなったので、二人は馬に乗って、西の断層へ来た。時には凶暴に荒れ狂い、時には優雅に囁く碧い海は、今でも変わらずそこにあり、視界の果てまで広がっている。植生に覆われていない剝き出しの岩場に刻まれた黒々とした深淵は、空を覗き込もうとする巨大な瞳のようだった。二人は線香を焚き、裂け目の近くにある地蔵菩薩の祠の香炉に立て、暫く合掌した。そして今度は裂け目に向かって拝み、ハイビャクシンの小枝を裂け目の中へ放り込んだ。

断崖の縁に座り、海風に吹かれながら、二人とも黙って海を眺めていた。例の黒い鳥は相変わらず空を旋回してご機嫌なダンスを踊りながら、隙を見て飛魚を捕食していた。

「拓慈のことは、どうするの？」

と、宇実が訊いた。

游娜はゆっくり首を振った。「分からない。もちろん、拓慈には約束通り、歴史を教えてあげたい。でも」

〈島〉の歴史を知った後、二人ともそれを拓慈に教えることに躊躇いが生じた。大ノロが語っていた昔の野蛮な男は、宇実にも身に覚えがある。自分を船に乗せて追い出し、海で溺死させようとしたのは、そんな男たちに違いなかった。拓慈がそんな男たちと同じとはもちろん思わないが、しかし万が一、拓慈経由で〈島〉の歴史が他の男たちに伝わり、自分たちにも歴史を掌握していた時代があったと知った男たちが、再び歴史を握ろうと動き出したら。先祖代々のノロたちが築き上げた〈島〉の日常が、崩壊するかもしれない。女や子供が男に怯えながら暮らす時代が、再来するかもしれない。

いや、違う、と宇実は思った。絶対そうなると決まったわけではない。自分がそういうふうに迷っていること自体、自分は今でも男に怯えているということの証なのだろう。しかしそんな恐怖は自分だけのものとも思えない。歴史を知っているノロたちもみんな、あの時代に恐怖を覚え、そんな歴史を繰り返させないように細心の注意を払ってきたのだろう。男に脅威を感じているからこそ、男たちを歴史に関わらせようとしないのだ。そんな恐怖感にはきちんとした根拠があった。今でも、およその女より、男の方が腕力がある。女たちの手による歴史は、本当は途轍もなく脆い。「ゆめゆめ、軽はずみな行動はするな」。大ノロの言いつけは、今となってはしっかりとした重みを持ってのしかかってきた。

「やっぱり、やめた方がいい、と思う」と、宇実は言った。

游娜は何も言わず、ただゆっくり頷いた。しかしその直後に、

「お前ら、ここにいたのか」

と、拓慈の声が聞こえてきた。振り返ると、拓慈も馬に乗ってきたのだ。あちこち探し回ったらしく、息を切らしていた。

「拓慈！」游娜は思わず叫んだ。

今この瞬間、一番会いたくない人だ。拓慈の顔を見て、宇実は心に何かがちくっと刺さり、泣きたくなった。

「探したよ。家に行ったらいないからさ」

と、拓慈は息切れしながら言った。「宇実は身体が回復したの？」

「うん、とりあえずは」努めて感情を顔に出さないよう抑えながら、宇実は何とか言葉を口から押し出した。

「そっか、よかった。心配したよ」

と拓慈が言いながら、二人の横に腰を下ろした。「〈島〉の歴史、教わっただろう？」

ある違和感が宇実の頭を過った。心配した？　本当に？　宇実は不思議な気持ちで拓慈の顔を覗いた。期待を隠し切れないその顔には、心配の欠片のようなものは見当たらない。

二人とも黙っていると、拓慈も異様な空気を察知したようで、慌て出した。「どうしたの？　なあ、歴史教えてくれる約束だろう？」

「ちょっと待ってくれないかな」

と、游娜が口を開いた。「少し、考える必要があるの」

拓慈は怪訝そうに游娜の顔を覗き込んだ。宇実が記憶している限り、游娜は嘘を吐いたり隠し事をしたりしたことがない。そういうことをする必要がない環境で育ってきたのだ。しかし今の游娜は、あからさまに何かを隠しているような表情をしている。隠し事が下手な故に、何かを隠しているということが、そのまま顔に出ているのだ。拓慈は当然、それを見逃すわけがない。拓慈は一層焦り出した。

「どうしたの？　何を考えるの？　何かあったの？」

拓慈は游娜の肩を摑んで揺らした。「約束、破らないよね？　約束、したよね？」

「私たちはまだノロになっていないよ」

苦しまぎれに、宇実は言い訳を口にした。そして手の甲を拓慈に見せた。「まだ刺青を入れていない」

ノロの印である刺青を入れる儀式は、三日後に行われることになっている。

「そんなの、あってもなくても同じじゃん。もうノロになるって決まったからさ」拓慈はイラつきが隠せずに言った。

「まだノロじゃないから、ばれたら追い出されるかもしれない」やや無理がある言い訳だと知りながら、宇実は言った。

「誰にも言わないから」と拓慈が言った。

「駄目。刺青が入るまで、待っててほしい」せめての時間稼ぎを、と宇実は思った。

しかし、宇実も隠し事がさほど上手くないのか、それとも拓慈が鋭過ぎるのか。何かを悟ったように、拓慈は游娜と宇実の顔を交互に見つめた。その表情には裏切られた怒りと悲しみと悔しさが入り混じっていた。

「教えるつもりはないんだね」

震える声で、拓慈は言った。「約束を破るんだね」

返す言葉が見つからず、否定もできず、游娜と宇実はただ黙り込んだ。それが拓慈に確信をもたらした。拓慈はさっと立ち上がり、二人を見下ろしながら、

「お前ら、最低。もう二度とお前らに会いたくない」

と言い捨てた。そして馬に跨り、その場を去った。拓慈を追いかけたい衝動を抑え込み、宇実はただその背中を見つめながら、涙が溢れ出るのに任せるしかなかった。

＊

〈刺青入れの儀〉は、史纂神社で行われる。

その日は朝からどんより曇っていて、小雨がぱらぱらと降っていた。にもかかわらず、史纂神社の外では儀式を見学するために集まってきた島民たちで賑わい、游娜と宇実が到

着するとわっと歓声が上がった。もうすぐ別居することになる晴嵐も拍手を送りながら二人を迎えた。

そこに拓慈はいなかった。拓慈はそれまで必ず毎年游娜と一緒に見学に来ていたそうだが、今年はいくら探しても彼の姿が見当たらない。宇実は少し気持ちが沈んだ。白装束のノロが二人、神社の前で待機していて、二人を認めると手招きをした。

島民たちが見守る中で、游娜と宇実はノロの指示に従って神社に上がった。史纂神社にはもう何度も来ているが、昼間に入るのは宇実には初めてだ。大ノロは既に中で正座して待っていて、二人を見るとゆっくり何回か頷いた。そして座ったまま体の向きを変え、祭壇の方に向き直った。床には真新しいノロ用の白装束が二着置いてあった。

中の様子が見えるように、神社の引き戸は開けっ放しにした。二人の助手係のノロも入室し、大ノロの後ろで正座した。その更に後ろで、游娜と宇実も膝をついた。まだ体調が優れないのか、大ノロは少し顔色が悪いように宇実には感じられた。顔に表情がなく、濁っていない方の目も焦点が定まらない様子で、背中も心なしか以前より更に曲がっている気がした。

それでも儀式が始まると大ノロの威厳が戻った。粛々と祈禱文を唱えたり、祭壇に向かって拝んだりする大ノロに、游娜と宇実は都度従った。神社の外で見学している島民たちも押し黙ったまま、息すらも抑えながら静かに見守り、辺り一帯は厳めしい空気に覆われた。

祈りが終わると、刺青を入れるプロセスに移る。話し合いの結果、游娜が先に入れてもらうことにした。

刺青を入れる時に使う器具は細い竹の先端に穴を開け、蜜柑(みかん)の木の鋭い刺を三本挿し込んで針とし、サイザル麻の糸で固定してできたものだった。インクは石炭を燃やした後に残った煤(すす)を水で溶かしたものを使う。ノロの指示に従い、游娜は床に座り、手の甲を上にして、机の上に用意されている石を握り締めた。何の変哲もないごく普通の石だが、握り締めることで手の甲の肌が引き締まり、刺青が入りやすくなるのだ。二人のノロは、一人は游娜の差し出された手を押さえ、もう一人は游娜の身体を後ろから押さえつけた。大ノロは左手に器具を、右手に木の棒を持っていた。刺青器具の針にインクを染み込ませてから、刺の先端を游娜の手の甲に置いて、右手の棒でその針を上から叩いた。針の先端が游娜の皮膚を破った。

「ああーっ」

甲高い悲鳴が神社に木霊し、宇実は思わず固唾を呑んだ。痛みで游娜は顔が歪み、身悶えたが、ノロがしっかり押さえているから逃げることはできなかった。大ノロは少しも動じず、ただリズミカルに針を叩き続けた。針の先が何度も游娜の皮膚を貫き、黒いインクが図形を描いていく。みるみる血が滲み出てきた。痛みに耐え切れず、游娜は何度も悲鳴を上げてもがいた。

「動くな」

大ノロは低い声音で叱責した。そして一旦作業を止めて、籐（とう）の芯を丸く曲げて作った別の器具で滲み出た血を拭き取った。

「痛いよ」

涙を流しながら、游娜は訴えた。

「これくらいは我慢しろ。傷が浅いと色がつかない。ノロになるために必要な痛みだ」

と、大ノロが嗄れた声で諭した。

身体を細かく震わせ、ひくひくと啜り泣きながら、游娜は下唇を嚙み締めて、こくりと小さく頷いた。その姿が痛々しく、見ていると宇実は胸の辺りが苦しくなった。

「あのっ」

と、思わず宇実が声をかけた。大ノロ、ノロたち、そして游娜が一斉に宇実の方へ視線を向けた。

「彼岸花を使ってみたらどうですか?」宇実は緊張しながら提案した。「麻酔効果があるから、痛みも和らぐと思います」

大ノロとノロたちは無言のまま、暫く宇実を見つめた。何かまずいことを言ったのかと宇実は心配になった。

ややあって、大ノロが口を開いた。

「そうだね、彼岸花に麻酔効果があるってのを知っているのは利口なお前さんだけだ。そう思ってんのかね？」

皮肉たっぷりの口調で大ノロは言った。

「それは――」

「この痛みは、ノロたちがみな耐えてきたものだ」

宇実の言葉を遮るようにして、大ノロは言葉を継いだ。そして刺青器具を置き、自分の手の甲に刻まれた、とっくに変形した刺青を撫でながら言った。「この刺青とともに、ノロであることの重みを教えてくれる大事な痛みなんだ」

暫くの沈黙の後、大ノロは游娜の目を覗き込むように見つめた。「お前も覚悟ができている。違うかね？」

泣き腫らした両目はまだ涙の粒でうるうるしているが、游娜はもう一度こくりと頷いた。さっきよりずっと確信を持っているような頷き方だった。仕方なく宇実も引き下がったが、ふと一つの考えが浮かんだ。宇実は立ち上がり、游娜の身体を押さえて固定しているノロの隣へ行った。

「私がやります」と宇実が言った。

そのノロはどうすればいいか分からない様子で、大ノロの方を窺った。大ノロが無言で頷くと、そのノロは立ち上がって席を宇実に譲った。宇実は游娜の後方で腰を下ろし、両腕で後ろから彼女の身体に優しく抱きついた。游娜の滑らかな長い髪に顔をくっつけながら、耳元で静かに囁きかけた。

「大丈夫、痛くない。私はここにいるね」

作業が再開すると、宇実は両腕に力を込め、游娜の身体が動かないように押さえつけた。頬を背中にぴたりとつけると游娜の呼吸の音が聞こえ、その波音のような規則的な呼吸音が宇実に安心感をもたらした。宇実がすぐ隣にいて自分を抱き締めていることで、游娜もまた落ち着きを取り戻したようで、叫んだりもがいたりしなくなった。トントントントントンッと、棒が蜜柑の木の刺を叩く小気味よい音が頻(しき)りに鳴り響いた。針が何度も何度も游娜の皮膚を破り、〈島〉の歴史を表すという図形が描かれていく。血が出過ぎて作業が難しくなると、大ノロは血を取る器具でそれを拭き取った。

大ノロは濁っていない方の目で游娜の手の甲をじっと見つめながら、一心不乱に作業し続けた。時おり目が疲れたのか、一旦動きを止めて、両目をきつく瞑って暫く目を休めてから作業を再開した。気付いたら大ノロの額から汗の粒が滲み出ていて、服も汗で濡れて肌にべたりと貼り付いていた。宇実の気のせいではなかった。大ノロはやはり体調が優れず、その顔には明らかな疲労が表れていた。二人のノロもまた心配そうな眼差しで大ノロの様子を窺っていた。

片手が終わった時にはとっくに正午が過ぎ、神社の外で見学していた島民もまばらになった。大ノロは息苦しそうに汗を拭き、呼吸を整えた。すぐにもう片手に取りかかろうとしたところを二人のノロが止めに入り、大ノロはやっとしばし休憩を取ることに同意した。游娜はもう虫の息で、休憩と聞いた途端、身体を投げ出すようにバタンと床に横たわった。彼女の柔らかい髪を撫でながら、よく頑張った、と宇実は囁きかけた。游娜は何も言わず、ただ弱々しい微笑みを浮かべただけだった。

游娜の両手とも終わった頃には、日が既に傾きかけていた。疲れ果てた游娜はもはや顔に血色がなく、床に身を横たえたままぴくりともしなくなった。気絶したのかと思えば両目は開かれていて、虚ろな視線で虚空を見つめていた。両手の手首から手の甲、五本指に至るまで黒いインクと赤い血が入り混じった線が這っており、模様はまだはっきり浮かび上がっていない。ノロはその両手に消毒用の薬を塗ってあげた。

大ノロもまた限界が来ているようで、目が血走り、手足が震え、全身が冷や汗でびしょ濡れになっていた。今日はこれで終わりにして、宇実の刺青はまた後日入れよう、とノロの一人が提案したが、大ノロは頑として聞き入れず、昔は一日で三人分の刺青を入れていたから大丈夫だと言い張った。

游娜がやったように、今度は宇実が握り石を握った。手の甲に置かれた針の鋭い先端を見ていると、心の準備はできていたつもりだがやはり緊張が全身を走った。なるべく手の方を意識しないように目を背けた。その時、空いているもう片方の手に何か柔らかいものが触れたのを感じた。游娜の手だった。

全身に力が入らない游娜は宇実の手を握ることもできず、ただ軽くその上に置いただけだったが、それだけで宇実は勇気が湧いてきた気がした。

作業が始まってみると、思ったほど痛くはなかった。鋭い針が絶えず手の甲の皮膚を刺し貫いては抜き出される感触は確かにあり、その度鋭い痛みが走るが、耐えられない程度のものではない。自分の方が游娜より痛みに強いのかもしれない、と宇実は思った。とはいえ、小さな痛みが高い密度で積み重なるとやはりそれなりに辛いもので、宇実はひたすら目を閉じて我慢した。

游娜の時より、大ノロの動きは明らかに鈍くなり、目を休める回数も多くなった。游娜の時のトントントントントントントンッといった小気味よい音は、トン、トントントン、トン、トントトン、といったいとも歯切れの悪い音になった。二人のノロは心配そうに大ノロを見つめていた。やがて日が暮れ、夜の帳が下り、逆三日月の仄かな明かりが降り注いだ。ノロは蠟燭に火をつけた。神社の外で見学していた人もいなくなった。

夏の虫が盛大に鳴き出す頃、ようやく片手の刺青が終わった。宇実は手を動かそうとしてみたが、痺れているようで上手く動かない。見れば、腕が小刻みに震えている。緊張のせいで無意識のうちに力み過ぎていたのだ。宇実は何度か深呼吸をし、強張った筋肉をほぐすよう軽く腕を揺らした。やっと手が持ち上がったその矢先に、ドサッ、とすぐ傍で重そうな物を落とすような音がした。手元から視線を上げると、月の銀の粉と蠟燭の揺らめく灯りに包まれたまま、大ノロは目の前で倒れていた。

*

それから数日間、游娜はずっと横になったままだった。

刺青を入れた両手は回復するまで全く使えない。図形がぼやけるから水を飲んではいけないし、食べ物も最小限に留める必要があった。一日にサツマイモやタロイモを一つか二つしか食べられない。余計に体力を消耗しないためにも、ずっと寝ているのが一番だ。

儀式の日に大ノロが倒れた後はノロたちによって自宅へ運び込まれ、そのまま静養することになった。もちろん儀式は中断した。大ノロは意識を失ったままずっと寝込んでいるようで、毎日違うノロが交代で世話をしていた。

結局宇実は片手しか刺青を入れてもらえなかったので、もう片手は使える。水や食事の制限はあるが、両手とも使えない游娜より自由に動けるので、游娜に食事を食べさせたり、退屈しのぎに話し相手を務めたりした。一番忙しいのは晴嵐で、食事の用意や傷口の手当てなど、甲斐甲斐しく二人の世話を焼いてくれた。毎日様子を見に訪ねてくるノロがいるし、手伝いに来た住民もいた。拓慈は訪ねてはこなかった。

拓慈のことはしばしば二人の間で話題に上がった。拓慈を裏切る形になってしまったことが游娜にとっても心残りで、宇実と同じく疚しさに苛まれていたのだ。しかしそればかりは誰にも相談することができなかった。拓慈はただ自分が何故ここに生まれたのか、自分が生まれ育ったこの〈島〉の過去が知りたいだけだった。そんな拓慈に〈島〉の歴史を教えたところでたいして深刻な事態を招くことはないのではないか、拓慈を信用すべきではないかと二人は何度も話し合ったが、結局もう一歩踏み出すことができなかった。男もノロになれるように規則を変えようという約束も、今となってはリスクに満ち溢れる行動に映った。しかしそう思えてしまうのも突き詰めて考えれば〈島〉の男たちに対する不信感が根底にあるわけで、そうなると、ノロたちは〈島〉の人々から男女問わず十全な信頼を寄せられているのに、自分たちノロは〈島〉の男を信用していないという結論になる。ずっとノロに憧れてきた游娜にとってこの事実はとても受け入れがたいもので、思い出す度に彼女を苦しめた。結局、それもノロが背負うべきものの一つなのかもしれない、と二人は思った。

刺青の傷が一番辛かったのは傷口が赤く腫れ上がる時期で、痒みと痛みが交互に襲ってきて引っ掻きたくなるが、もちろん我慢するしかなかった。七日間経った頃にやっと腫れが治まり、黒い瘡蓋（かさぶた）が次第にできた。それでも痒くて仕方なかった。更にその数日後に瘡蓋が剝がれて、新しくできた肌にようやく刺青の美しい文様が浮かび上がってきた。游娜と宇実は刺青を見せ合っては喜び合った。まだ片手だけとはいえ、手の甲に刻まれた神秘的な模様を見つめながら、自分はやっと〈島〉に受け入れられたのだと宇実は喜びを嚙み締めた。

月が欠けては満ちていき、またもや満月が近くなったある日、大ノロの意識が戻ったという知らせが入った。その翌日、宇実は大ノロの家に呼ばれた。

半月ぶりに会う大ノロはやはり顔色が悪く、布団で寝込んでいた。宇実が来たのを見ると身体を起こそうとしたが、一人では上手くいかず、介添え役のノロの手伝いでやっと起き上がれた。大ノロが合図をすると、そのノロは退室した。寝室には大ノロと宇実しか残っておらず、二人は向かい合って座った。依然として疲れが顔に表れている大ノロの表情を、宇実は畏まりながら窺った。

「急に呼びつけて悪かった」

と、大ノロが先に口を開いた。「傷の具合はどうかね？」

ほぼ回復しています、と宇実は刺青を入れた方の手の甲を大ノロに見せながら、そう答えた。大ノロはゆっくり頷いた。

「この間は申し訳なかった。実に情けない」

と、大ノロは心持ち頭を下げながら、ゆっくりとした口調で言った。

「いいえ」と宇実は慌てて返事した。「大ノロは、お身体を大事にしてください」

「私の身体なんざどうでもいい」

と、大ノロが言った。「自分のことはよう分かってる。どうせ近いうちに駄目になるんだから」

「そんな」と宇実は思わず言ったが、大ノロが手を上げてそれを制した。

「やめてくれ。私の時間は多くない。この身体がまだ動けるうちに、色々やっておかねばならんことがあってな」

と、大ノロが言った。「〈ニライカナイ〉があると信じている人にとって、死ぬっちゅうのは希望のあることなんだが、それが存在しないと知っている私たちにとっちゃ、死ぬっちゅうのは、ただいなくなるっちゅうことだけさ。だからこそ、恐れる必要も喜ぶ必要もない」

何を言えばいいか分からず、宇実は次の言葉を待った。

「お前は何か隠していることはないかね」

と、大ノロは濁っていない方の目で宇実の顔を見つめた。「あるいは、悩んでいること」

宇実は心の中でびくっとしたが、顔に出さないように努めた。

「拓慈っていうんだね」

大ノロは言葉を継いだ。「お前と游娜が悩んでいること。游娜って子は、物事が隠せないタイプなんでね」

やはり大ノロにはお見通しなのか、と宇実はガクッと気が抜けた。責められるのではないかと心配したが、大ノロは別に怒ってはいないようだった。言ってごらん、と大ノロが促したので、宇実は勇気を出して、拓慈と約束を交わしたこと、にもかかわらず拓慈を裏切ったこと、そのせいで游娜も宇実も苦しんでいることなど、洗いざらい大ノロに打ち明けた。大ノロはただ静かに聞きながら、時々頷いただけだった。

宇実の話が一段落すると、大ノロは両目を閉じ、一度深呼吸をした。

「何が正しいのか、私にも分からん」

と、大ノロが口を開いた。「迷いっちゅうもんは年を取るにつれだんだん減っていくもんだが、この年になってもいまだ何が正しいのか、分からんことが多過ぎる」

宇実は言葉の続きを待った。

「つまんない昔話なんだが、ちと付き合ってもらえんかね。私が〈島〉に来たばかりの頃の話だ」

宇実は目を瞠って大ノロを見つめた。〈島〉に来たばかりの頃？　大ノロは〈島〉で生まれ育ったわけじゃないというのか？

「〈島〉の歴史を知って、お前も自分がどこから来たのか、少しは見当がついたんじゃないかね」

宇実の驚愕の視線に反応を示さず、大ノロは話し続けた。「私もお前とおんなじところから来たんだよ。〈ひのもとぐに〉。お前みたいな年の頃に、ひょんなことで船に乗せられて国を追い出された。お前みたいなのはうちの国には要らない、ってな具合にね。おんなじ船に乗ってた人たちはみな海で溺れて死んだ。私だけ運がよくて、この〈島〉に流れ着いた。当時の〈島〉の大ノロが、ノロになることを条件に、私を〈島〉に受け入れてくれた。私がお前に対してしたようにね。ありゃもう、随分昔のことだ」

暫く間を置いてから、大ノロは言葉を継いだ。「お前が流れ着いたのを知った時、本当にびっくりした。まさかあの国は今でもおんなじことをやってるとは、思ってなかったんでね。どうやらあの国とこの〈島〉の間には、そういう海の流れがあるみたいで、〈島〉の先祖もおんなじ海流に乗って〈島〉にやってきたのかもしれんな。ただ、お前と違って、あんとき私は記憶を失ってはいなかった。自分がどこから来たのか、ちゃんと覚えていた。当時のノロたちにも言った。もちろん、そのことを知っていたノロは、今や誰も生きていないさ。何しろ、本当に随分昔のことだからね」

　随分昔のこと、と言っている時の大ノロの目はどことなく虚ろで、まるで波立つ記憶に呑み込まれつつあるかのようだった。大ノロは宇実を見てなどいなくて、ただひたすら自分の記憶に向かって告解をしているように、宇実には感じられた。大ノロは一回両目を瞑り、押し黙った。何か考え事をしているようでもあり、物思いに耽ったようでもあった。暫くしてからまた話し続けた。

「お前に辛く当たっていたことは、今でも申し訳なく思っている。私の申し訳なさなんざこれっぽちも価値はないし、どうだっていいんだろうけれど、私としては真剣に悩んでいたんだ。お前を〈島〉に受け入れて本当にいいのかどうか。游娜と晴嵐の説得がなければ、お前を〈島〉に住まわせなかっただろう。ああ、今でも悩んでいるよ。お前が拓慈に歴史を教えていいかどうか、悩んでいるようにね」

「どういうことですか？」

宇実は我慢できず、言葉が口を突いて出た。「今でも悩んでいるって。もしかしたら、まだ私を追い出そうと考えているんですか？」

「そんなことはせんよ。もうあんまり時間が残されていない私には、そんなことをする権利なんざないさ」

と、大ノロは言った。「でも悩んでいる、迷っているっちゅうのは本当さ。自分は本当に正しいことをしたのかどうか、ってね」

大ノロは一旦話すのを止め、床から立ち上がろうとした。しかし上手くいかなかった。大ノロは溜息を吐いて、何回かゆっくり首を横に振った。「悪いが、窓を閉めてもらえんかね」

言われた通り、宇実は窓を閉め、簾（すだれ）を下ろした。陽射しが遮断された室内は、仄かに暗かった。宇実は再び大ノロと向かい合う形で腰を下ろし、大ノロの言葉を待った。

大ノロは先刻より声を落として、話を再開した。

「私が〈島〉に来た数年後に、〈ひのもとぐに〉から大きな船がやってきた。たくさんの人を乗せて、武器を携えてね。〈島〉の人たちが見たことも、考えたこともない、強力な武器ばかりだった。〈島〉が彼らの罪人、つまり私を匿っているから許せない、なんて口実をつけて、〈島〉を明け渡してほしいって要求を突き付けてきたんだ。いや、本当は口実なんてどうでもよくて、彼らとしてはただこの〈島〉が欲しかっただけだろうよ。めちゃくちゃな話だ。ただ、私が〈島〉に流れ着いたことが、彼らに口実を与えてしまったっちゅうのもまた事実なんだね」

宇実は背中にぞわぞわと鳥肌が立ったのを感じた。鼓動が速まり、手足が末端から冷えていった。自分の理解が間違っていることを祈りながら、宇実は瞬きもせず、両目が大ノロに釘付けになり、次の言葉を待った。次の言葉で、自分の嫌な予想が否定されるのを期待した。しかし、大ノロは徐に目を逸らし、宇実の視線を避けた。そして再び溜息を吐いた。

聞きたくない。今すぐここから逃げ出したい。そんな衝動に駆られながら、しかし宇実は金縛りに遭ったようにその場を動くことができなかった。

「あん時〈島〉は運がよくてね、ちょうど夏だったから、向こうの船は嵐にやられて沈みかけて、人も武器もたくさん失って、仕方なく帰っていった。それきり二度と来なかった。当時のノロたちは冗談で、その嵐を〈かみかぜ〉って呼んでたね。もし嵐が来てなかったら、この〈島〉なんざひとたまりもなかっただろうよ」

そこまで話して、大ノロは黙り込んだ。重い沈黙がゴオゴオ鳴りながら下りてきた。宇実は依然として指一本動かすことができなかった。

「つまり」

言葉を発してから、自分の声が震えていることに気付いた。「私が〈島〉にいると、向こうがまた攻めてくるかもしれない、そういうことですか？」

「そんなこった、誰にも分からんよ」と、大ノロが言った。「さっきも言ったように、これはあくまで昔話だ」

宇実はどうすればいいか分からなくなった。過去の記憶を失った自分がやっと手に入れた居場所が、今度は自分のせいで危険な目に遭うかもしれない。游娜も、拓慈も、晴嵐も、みんな自分のせいで殺されるかもしれない。自分が持っている記憶の断片からだけでも、〈ひのもとぐに〉は〈島〉より遥かに力があるということくらい、宇実にも分かる。その脅威は、生まれてから一度も〈島〉を離れたことがなく、〈島〉以外の世界を知らない島民たちには想像も及ばないものだろう。〈島〉には武器と呼べるものがほとんどない。そんなものはここでは必要とされてこなかった。外敵に抵抗する術は皆無に近い。だとしたら、自分が離れるのが一番いい。自分が離れれば、向こうが攻めてくる口実がなくなる。でも、一体どこに行けばいい？

「勘違いするんじゃない」

と、大ノロが言った。「お前を〈島〉に受け入れると決めたのは、この私だ。お前が〈島〉

で過ごしたこの一年、どんな生活を送り、何をしていたのか、私はちゃんと見ていた。その上で決めたんだ。もしお前がノロに相応しくなければ、春先にでも〈島〉から追い出していただろうよ。何度でも言うが、全て私が決めたことだ。だから何が起こっても、それは私の責任で、お前のではない。本来なら、この話をお前にするつもりもなかったんだ。ただ」

大ノロは話すのを止めて、膝で歩いて宇実へ近付こうとした。しかしやはり上手くいかない。今日三度目の溜息を吐いて、大ノロはこちらへ近寄れというふうに宇実に手招きした。宇実が近寄ると、大ノロは宇実を見つめながら、震える手で宇実の頭を、髪をゆっくり撫で下ろした。その時初めて、大ノロの白く濁っている方の目も奥には微かな光が灯っていることに、宇実は気が付いた。

「私がいなくなったら、この話はもう誰も知らなくなる。だからお前にゃ話しておきたかった。それがもしお前を苦しめることになったんなら、本当に申し訳ない。どうか許しておくれ。さっきも言ったように、何が正しいのか私にも分からん」

宇実はその時やっと思い知った。大ノロは本当に自分の死を予感し、そして覚悟しているのだ。

「さて、まだ一つ、私にゃ果たさなければならん責任がある」

仕切り直すように、大ノロが言った。そして部屋の隅っこにある棚を顎で示した。「悪いが、そこから刺青器具を取り出してもらえんかね」

＊

大ノロ、過去（グエキ）したロ！　という知らせが入ったのは、四日後のことだった。過去（グエキ）というのは元来「どこかへ向かう・渡る」ということを意味する言葉だが、〈島〉では「向こう岸＝ニライカナイへ渡る」、つまり死ぬという意味で使われている。

大ノロの遺体が崖下へ運ばれた時、宇実は刺青の傷が炎症を起こし、熱を出して寝込んでいた。〈島〉の住民がほとんど海岸へ集まったので、集落は静まり返っていた。游娜は初めてノロとして、作法を見習いながら儀式に立ち会った。宇実だけがぽつんと独り、家に残されていた。それはとてもよく晴れた日で、遠くから波の囁きが風に乗って微かに聞こえてくる。担架に乗せられて海へ運ばれる大ノロを宇実は想像した。島民たちが見守る中、ノロたちは大ノロの遺体を担ぎ、彼岸花の絨毯を渡って岩陰の中へ入る。岩陰の中は白骨化しつつあるたくさんの遺体が静かに横たわり、屍体が分解される臭いが充満している。ノロたちは大ノロの遺体を地面に下ろす。大ノロは寝ているように両目を閉じている。二度と開くことのないその目、そしてその皺だらけの顔を思い浮かべると宇実は心が痛んだ。涙は出なかった。

　大ノロが亡くなっても、〈島〉の日常は止まらなかった。游娜と宇実が〈成人の儀〉やノロになるための試練で気を取られていた間に稲の刈り取りは済まされ、二期目の田植えも終わっていた。台風で被害を受けていた水田はまたもや生気に溢れる緑一面になっている。一回だけ講師として游娜と宇実に〈女語〉を教えたあのノロが、大ノロの生前に直に指名され、刺青の技術と文様の伝授を受け、大ノロの死後に新しく大ノロになった。新しい大ノロの就任を島民に広く知らせるための儀式も催された。

　刺青の傷が癒え、正式にノロになると、覚えなければならないことが山ほどあった。御嶽の位置、祭事の日程、儀式の作法、講習会の進め方、彼岸花をニライカナイ（ノロ同士の会話でも〈ニライカナイ〉という言葉を使っている）へ運ぶ前の加工の手順。ニライカナイへ渡りたいのなら、船の操縦方法も身につけておかなければならない。宇実は毎日游娜と一緒に〈島〉を走り回り、色々なことを教わった。一日また一日が目まぐるしく通り過ぎていく。夏の終わり頃に〈ニライカナイ〉から船が帰還し、迎神と感謝の祭典が執り行われた時、游娜と宇実もノロとして参加した。その後〈ニライカナイ〉の宝物の配分を決める時、游娜と宇実も見習いながら作業に携わった。次の満月の日が過ぎたら、今年の〈マチリ〉が始まるので、その準備にも追われている。今年から游娜と宇実もノロとして、その一か月がかりの祭祀に参加しなければならない。

　ある日、珍しく仕事が早めに終わったので、宇実は游娜を誘い、二人で北月浜を訪れた。游娜と宇実が初めて会ったこの場所は、相変わらず彼岸花の群れが咲き狂っている。二人は彼岸花たちに向かって合掌し、無言で祈りを捧げた。そして砂浜に腰を下ろし、海を眺めた。一日分の熱を吸収した黄色い砂は触っていて暖かい。風が静かで、西日に染まる海面も凪いでいた。

　宇実は游娜に全てを話した。自分の出自、〈島〉に流れ着いた経緯、自分が〈島〉に留まることの危険性。覚悟はとっくにできている。游娜がどんな反応をしても、それを受け入れようと思った。最悪、自分が〈島〉を離れて、〈ニライカナイ〉を目指して西の方へ進めばいい。〈島〉よりもずっと広いというその島でなら生きていけるかもしれない。游娜や拓慈、そして〈島〉の人々と離れるのは辛いが、大事なことを隠しながら游娜と一緒に暮らすことは、宇実にはできなかった。游娜はただ静かに耳を傾けていた。

　話が終わっても、游娜は無頓着な表情のままだった。

「それって、結構昔のことだよね？」

　と、游娜が首を傾げた。「大ノロが私たちみたいな年だった頃って、少なくとも何十年も前の話だよね？　その〈ひのもとぐに〉が本当に〈島〉を欲しがっているのなら、とっくに攻めてきたんじゃないかな？　口実なんかなくても」

宇実は静かに頷いた。それは宇実にも分かっている。しかし、海で死ぬはずだった自分が目論見通りに死なず、〈島〉へ流れ着いたことを知った〈ひのもとぐに〉の人たちが、そう言えばそんな島があったなと今更思い出して、気紛れでまたやってくることも、ないとは言い切れない。

「そんな万が一のことを、考えていても意味はないんじゃないかな？」と、游娜が言った。「万が一というのは無数にあるからね。〈ニライカナイ〉が貿易をしてくれなくなるかもしれない。いや、〈ニライカナイ〉だって攻めてこないとも限らない。ある日とびっきり大きな嵐がやってきて、〈島〉が丸ごと海に呑み込まれる可能性だってある。そんな可能性を一々考えるより、今〈島〉で生きている人たちのことを考える方が大事だと思うよ」少し間を置き、游娜は嫣然と笑った。「もちろん、宇実も〈島〉の一人だよ」

宇実は目を瞠って、不思議そうに游娜の顔をじっと見つめた。

「どうしたの？　ずっと見つめてて」

言いながら、游娜は恥ずかしそうに視線を逸らした。宇実も慌てて目を逸らした。

「いや、游娜は、本当に大人になったなって、思って」と、宇実が言った。

「ノロになってみて、〈島〉と私たちの生活がどれだけ儚いものか、分かった気がしたの」

游娜ははにかみながら言った。「大ノロが言ってたでしょ？〈島〉以外の場所は、今でも戦いを繰り返してるって。そこに〈島〉がいつ巻き込まれるか分からない。私たちが生まれ育った〈島〉は、もともといつ沈んでもおかしくない船だなあって、思ったの」

宇実は俯いたまま押し黙り、暫く手元の砂で遊んだ。指を砂に突っ込んで穴を開けたり、砂を鷲摑みにして手の中で擦りながら少しずつ落としてみたり、手を開いて砂が指の間から零れ落ちていくのを眺めたりした。静かだった風がいつの間にかまた吹き始めた。

「でも」

と宇実が言った。「拓慈に歴史を教えなかったのも、その『万が一』が怖かったからじゃないかな？」

「そのことなんだけど」

と、游娜は真面目な表情になった。「色々考えたの。やっぱり拓慈に教えようよ。拓慈を信じよう」

「游娜もそう思ったのね」

「宇実の話を聞いて、なおさらそうすべきだと思った」と游娜が言った。「正しいかどうか分からなくても、大ノロは正しいと思うことをして、宇実を〈島〉に受け入れてくれた。だったら私たちも、正しいと思うことをすればいいいんじゃないかな」

「拓慈に歴史を教えるのが正しいと思う？」

「思う。それと、男もノロになれるようにすべきだと思う」と游娜が言った。「だって、みんな〈島〉に住んでいるのに、男だけなれないのはやっぱりおかしいよ」

宇実は溜息を吐いた。そして苦笑いを浮かべた。「游娜のそういうまっすぐなところは、いつもすごいと思うよ」

「子供の時から、性格が単純過ぎるってよく拓慈に笑われたな」游娜は照れ臭そうに笑いながら頭を引っ掻いた。夕陽に照らされ、游娜の髪に光の輪っかができていて微かに眩しい。

「男もノロになれるようになったら、〈女語〉は〈女語〉でなくなるね」

「その時は名前を変えればいいの」

「もし男がまた歴史を握って、昔みたいに女や子供を虐げることになったらどうするの？」

「その時はその時に考えればいい」

「もし〈ひのもとぐに〉が本当に攻めてきたら、どうするの？」

「その時はその時に考えればいい」

呆れるように、宇実は苦笑しながらゆっくり頭を振った。「游娜はもう少し先のことも考えた方がいいんじゃないかな」

「考えてるよ、先のこと」游娜は頬を膨らませ、不服そうに抗議した。

「何考えてるの?」

「三年後のことを考えてるの」

と、游娜は静かに細波(さざなみ)立つ海面を見つめながら言った。「三年後、私と宇実は一緒に大ノロの骨を洗って、祈りを捧げて、海へ流すの。その時、私たちは拓慈と仲が良くて、三人で一つの家で暮らしてる。子供を引き取って育てる。私はたまに〈ニライカナイ〉へ渡り、〈島〉のために貿易をする。〈島〉の人たちは今と変わらない平穏な生活を過ごしている。そんな中で、私たちはゆっくり年を取っていく」

思ったより考えてる、と宇実は密かに感心したが、口にはしなかった。海を眺めている游娜の横顔は夕陽に赤く染まっていて、見ているとどことなく寂しかった。

「ほんとにそうなるといいね」

宇実はぽつりと呟き、そして游娜と同じように遠くへ視線を向け、静かに海を眺めた。

「そうなるって信じるの」

と、游娜が言った。

半分沈んだ真っ赤な火球は海面で赤い光の筋を引いていて、さながら炎の尻尾のようだった。それに照らされながら、砂浜を覆い尽くす彼岸花は二人の背後でどこまでも妖艶に咲き乱れ続ける。

【参考資料】

池間栄三『与那国の歴史』（池間苗・自費出版）
石崎博志『走る日本語、歩くしまくとぅば』（ボーダーインク）
嵩西洋子『沖縄八重山発 南の島のハーブ』（南山舎）
陳舜臣『沖縄の歴史と旅』（ＰＨＰ研究所）
松田良孝『与那国台湾往来記――「国境」に暮らす人々』（南山舎）
与那国町教育委員会編『与那国島の植物』（与那国町教育委員会）
与那国町教育委員会編『与那国島の自然と動植物』（与那国町教育委員会）
米城恵『よみがえるドゥナン 写真が語る与那国の歴史』（南山舎）
施翠峰『台灣原始藝術研究』（國立傳統藝術中心）

本作はフィクションで、作中に登場する島は架空の島です。

李琴峰（り・ことみ）

1989年、台湾生まれ。作家・日中翻訳者。2013年来日。早稲田大学大学院日本語教育研究科修士課程修了。17年『独り舞』（講談社）（原題「独舞」）で群像新人文学賞優秀作を受賞しデビュー。19年『五つ数えれば三日月が』（文藝春秋）が芥川賞、野間文芸新人賞の候補に。21年『ポラリスが降り注ぐ夜』（筑摩書房）で芸術選奨新人賞受賞。他の著書に『星月夜』（集英社）がある。

彼岸花が咲く島

二〇二一年六月二十五日　第一刷発行
二〇二一年七月二十日　第二刷発行

著者　李琴峰
発行者　大川繁樹
発行所　株式会社 文藝春秋
〒102―8008 東京都千代田区紀尾井町三―二三
電話 〇三―三二六五―一二一一
印刷所　大日本印刷
製本所　大口製本

ISBN978-4-16-391390-2